D0711996

LES RÊVERIES
DU
PROMENEUR SOLITAIRE

JEAN-JACQUES ROUSSEAU

LES RÊVERIES
DU
PROMENEUR
SOLITAIRE

Chronologie et préface
par
Jacques Voisine

GF-Flammarion

PRÉFACE

1 préparation ?!
à la morte !!

2

3

4

5 cadences
   musicales
Aboutissement
extrême de
l'existentialisme
rousseauiste

6 la volonté est impuissant

7

8

9 se tromper

10

La tentation est grande — et la critique y a souvent cédé — non seulement de voir dans les *Rêveries* l'œuvre la plus caractéristique du génie de Rousseau, le point d'épanouissement d'une évolution, mais aussi d'opposer ce dernier en date de ses écrits à ceux qui le précédèrent. L'incontestable originalité de la forme ne doit pas nous faire conclure à un complet renouvellement de l'inspiration. Sans doute, après l'apparent dérèglement des *Dialogues*, longtemps considérés à tort comme l'œuvre d'un déséquilibré, les *Rêveries* peuvent-elles donner l'impression de la sérénité retrouvée, d'une paisible préparation à la mort. La mélancolique résignation du début de la Première Promenade, les cadences musicales si souvent citées de la Cinquième, les souvenirs attendris des Charmettes qui fleurissent aux dernières pages du recueil inachevé, justifient seuls une opinion communément répandue, qui ne résiste pas à une lecture de l'ouvrage.

Le Rousseau des *Rêveries* n'est pas, pour employer la métaphore qu'il esquisse lui-même dans une des Promenades, le navigateur entrant au port après avoir échappé au naufrage, et s'abandonnant désormais, la tempête apaisée, au doux bercement des flots. Le Promeneur solitaire voudrait se persuader que les souffrances et terreurs passées sont désormais évanouies. Ce n'est pas la première fois qu'il s'accroche à cette illusion :

> *Mon cœur, uniquement occupé du présent, en remplit toute sa capacité, tout son espace, et hors les plaisirs passés qui font désormais mes uniques jouissances, il n'y reste pas un coin de vide pour ce qui n'est plus.*

Ne dirait-on pas que ces lignes sont tirées des *Rêveries*? Elles viennent du troisième livre des *Confessions*, rédigé au plus tard en 1766, soit au moins dix ans plus tôt, et antérieurement à cette querelle avec le philosophe écossais Hume, qui ouvre la période la plus tragique de la vie de Jean-Jacques.

Le Promeneur solitaire croit avoir renoncé à trouver le bonheur sur cette terre; il se croit résigné à n'avoir plus de société avec ses semblables : la Neuvième Promenade prouve assez qu'il cherche à se tromper. Il croit n'avoir plus rien à ajouter à ce long examen de conscience qu'étaient, au moins au départ, et dans leur titre, les *Confessions* : il se trompe, puisqu'il rouvre l'enquête dans la Quatrième Promenade sous prétexte de méditer sur le mensonge. Jean-Jacques a une fâcheuse tendance, et c'est ce qui le rend si proche de chacun de nous, à prendre ses désirs pour des réalités. Lorsque l'auteur des *Rêveries* croit en avoir fini avec l'examen de conscience, il est victime d'une confusion entre ce qu'il est effectivement et l'image idéale qu'il modèle de lui-même depuis vingt ans et plus. Lorsqu'il prétend avoir trouvé le bonheur dans le repliement sur soi, il projette sur sa situation de fait une maxime théorique de sagesse, un programme de conduite qu'il formulait déjà douze ans plus tôt dans une lettre du 4 novembre 1764 :

> *On ne peut être heureux sur la terre qu'à proportion qu'on s'éloigne des choses et qu'on se rapproche de soi.*

Ce n'est pas en 1776 — date du début de la rédaction

des *Rêveries* —, mais en 1762, au lendemain de l'achè-
vement de l'*Émile* et à la veille du départ pour l'exil,
que Rousseau croit renoncer définitivement au métier
d'écrivain pour se consacrer uniquement, sans préten-
tion de style, décide-t-il, à écrire l'histoire de sa vie : car
il oppose volontiers dès lors, songeant à ses anciens
amis les Philosophes, la vanité d'auteur à la vérité de
l'homme.

Ne nous plaignons pas de ces inconséquences, de ces
manquements aux résolutions. Les *Rêveries* sont un
chef-d'œuvre, non pas dans la mesure où elles exprime-
raient une sérénité olympienne que Rousseau n'a
jamais connue, mais en tant que témoignage de l'échec
si humain d'un solitaire qui ne peut se passer de ses
semblables et de leur affection, qui ne peut abandonner
ce besoin d'écrire qu'il feint de mépriser. Se refusant à
faire un livre — il veut dire par là s'enfermer dans un
des genres reconnus —, l'écrivain malgré lui offre un
nouveau genre littéraire, la *rêverie* en prose, à notre
romantisme, qui, trop rhétorique, ne saura pas en tirer
parti (seul Senancour s'y essaie). Du moins Rousseau
a-t-il jeté un pont entre la méditation philosophique
classique (Descartes appelle *rêveries*, dans sa correspondance, l'ouvrage qu'il publiera sous le titre de *Méditations*) et l'effusion poétique d'un Lamartine, qui, abandonnant la prose pour le vers, revient, pour souligner
l'accent religieux, au terme de *méditation*. On peut voir
d'ailleurs comment le Promeneur solitaire, dans son
recueil, flotte entre les deux notions et les deux termes.

Si donc ce dernier ouvrage révèle un nouveau Rousseau, c'est le poète, créateur d'une forme littéraire
encore inconnue chez nous (et qui correspond à l'*essay*
de la littérature romantique anglaise), plutôt que
l'homme, moins changé dans ses inquiétudes et ses
vains espoirs qu'il ne le croit ou feint de le croire. Après
s'être amèrement plaint, dans la Sixième Promenade,
de ce que les hommes aient changé à son égard, il en
vient à se demander si ce n'est pas lui qui aurait changé,
et non eux. Il présente la question comme une absur-

dité ; mais le sentiment de l'absurde, notre siècle ne le sait que trop, peut toucher de près à l'angoisse.

Le Promeneur solitaire, comme plus tôt l'auteur à paradoxes du *Discours sur les sciences et les arts*, est pétri de contradictions. Le beau titre qu'il a donné à son dernier écrit peut se lire, soit comme une fière devise, soit comme un soupir mélancolique. La solitude physique revendiquée par le penseur devient pour l'être aimant et souffrant une cruelle solitude morale. Car Rousseau demeure incapable de réconcilier en lui ces frères ennemis, l'auteur et l'homme. Dans les moments de stabilité et de fermeté, il croit pouvoir construire une philosophie sans système, sur laquelle se serait réglée sa vie, et qui ferait de lui le seul sage peut-être digne du beau nom de philosophe, dans ce siècle où ses anciens amis l'ont galvaudé et déshonoré en dissociant un hypocrite système de vertu (dont la pratique est laissée au vulgaire) de leur « doctrine intérieure », véritable et secrète morale des maîtres. La Troisième Promenade fait l'historique de la démarche philosophique de Rousseau, telle qu'il l'embrasse rétrospectivement : au centre est la Profession de foi du Vicaire savoyard, avec son principe fondamental que Rousseau oppose victorieusement aux sensualistes et matérialistes de son temps (« une machine ne pense point... ») et qu'on pourrait résumer : « Je pense, donc *j'existe*. » Car le rapprochement entre cette Promenade et le *Discours de la méthode* s'impose, et se justifie quand on sait que Rousseau relisait le traité de Descartes au moment où il composait la Profession de foi, laquelle tient dans cette Promenade la place qu'occupe dans le *Discours* de Descartes le récit de la célèbre méditation « dans un poêle ». Comme Descartes, Rousseau se mesure hardiment aux philosophes en place, aux « géants de l'École ». Mais la différence de « *j'existe* » à « je suis » rend compte de l'ambition de travailler dans le concret, de faire de sa propre vie l'expression d'une philosophie ; c'est de la même façon que les esthètes de la fin du siècle suivant voudront faire de leur vie l'œuvre d'art

suprême. Rousseau suggère que Descartes, malgré tout
son génie, n'est encore qu'un faiseur de systèmes. La
Cinquième Promenade, justement célèbre, marque le
point d'aboutissement extrême de l'existentialisme
rousseauiste.

A propos de ce beau texte de la Cinquième Promenade, on a souvent parlé de mysticisme. Le mot est
impropre, car la démarche du Promeneur solitaire est
étrangère à celle du mystique chrétien, dont la volonté
vient se perdre dans celle de son Dieu — et même à
celle de l'oriental (dont Rousseau se dit proche par son
tempérament), lequel cultive l'anéantissement de soi :
Rousseau, lui, aspire à « jouir de son être ». Cette
réserve faite — elle est capitale —, il demeure que le
jeune Rousseau, élevé par une tante piétiste, est déchiré
au temps des Charmettes entre ses lectures jansénistes
et le culte de Fénelon que lui communique Mme de
Warens; que Rousseau adulte, lecteur assidu de la
Bible, vit comme les mystiques dans un univers personnel dominé par l'opposition entre apparence et réalité :
fait qui contribue d'ailleurs à rendre plus difficile
l'identification de tel « événement » mystérieux mentionné dans les *Rêveries*, et qui peut être d'ordre intérieur et personnel. Sa table des valeurs n'est pas celle du
monde, au sens religieux du terme; on peut même le
considérer comme étant dans la ligne du christianisme
le plus authentique lorsqu'il lui arrive de prendre le
contre-pied de la sagesse des nations, comme le Jésus
du Sermon sur la Montagne ou saint Paul prêchant « la
folie de Dieu, plus sage que la sagesse des hommes ». A
mesure qu'il s'éloigne des Philosophes incroyants, cet
homme à paradoxes a de plus en plus le sentiment
d'obéir au paradoxe fondamental de l'âme religieuse.
Ce qui n'empêche qu'on puisse aussi voir en lui le
pionnier d'une « sécularisation » du mysticisme : car il
est inquiétant de le voir s'accommoder, sinon d'une
certitude de son salut qui peut passer pour exubérance
de foi, du moins d'un attachement à soi seul qui relève
d'un christianisme suspect. Un siècle plus tard, Nietz-

sche proclamera son propre renversement des valeurs,
qui cette fois s'en prendra aux valeurs chrétiennes.

Dans la mesure où Rousseau se rapproche des mystiques, il a donc son système de valeurs, qu'il oppose
volontiers à celui du monde : à lui l'absolu, le permanent ; aux autres le relatif, l'éphémère. Certains mots
n'ont pas le même sens pour lui que pour les autres ;
d'où ses sophismes, d'où cette étonnante Quatrième
Promenade, où il démontre qu'il n'a jamais menti en
distinguant sa véracité à lui de la « fausse » véracité
selon le monde (la confusion entre *vérité* et *sincérité* était
déjà frappante dans plus d'une page des *Confessions*). Il
serait odieux s'il pouvait maintenir d'un bout à l'autre
cette mauvaise foi. Mais il est émouvant que cette même
Promenade, toute en revirements qui trahissent un
pitoyable désarroi sous la suffisance sophistique du
raisonnement, s'ouvre et se ferme sur un doute. Rousseau se demande en commençant s'il est aussi facile de
se connaître soi-même qu'il l'a cru dans le passé ; et
après s'être absous, il finit contradictoirement par un
des très rares mouvements d'humilité par lesquels il se
rattache encore au christianisme.

L'idéal moral du Rousseau des *Rêveries* est en fait
moins un mysticisme qu'une sorte de stoïcisme chrétien, assez proche de celui des penseurs de l'époque
Louis XIII ; les principes socratiques (connais-toi toi-
même) s'y mêlent à l'*ataraxie* stoïcienne (Cinquième
Promenade) et au mépris stoïcien de tout ce contre quoi
la volonté est impuissante (Sixième Promenade) ; à
des réminiscences aussi d'images platoniciennes : la
« dépouille » corporelle qui « offusque » la vraie
lumière est un leitmotiv des *Rêveries*.

Idéal, bien plus que style de vie, cet humanisme est
plus rêvé que vécu. Le Promeneur solitaire — qui n'est
pas complètement débarrassé de cette imagination
romanesque dont les *Confessions* présentaient en sou-
riant maint exemple — n'est ni un héros, ni un saint, ni
un sage. Les phases de fermeté, d'apparente sérénité ou
résignation (Troisième, Cinquième Promenades)

alternent avec des temps faibles, des périodes
d'angoisse ou d'affolement, suscitées apparemment par
un incident qui au lecteur de sang-froid paraît insigni-
fiant (parler d'*alternance*, c'est admettre que l'ordre des
Promenades dans le recueil correspond à l'ordre dans
lequel elles ont été rédigées; je ferai seulement une
réserve, jusqu'à plus ample informé, pour la Première).
Il suffit d'un papier tombé par hasard sous la main de
l'auteur alors qu'il rangeait sa bibliothèque (début de la
Quatrième Promenade) pour troubler cette belle sérénité affirmée dans les Promenades précédentes. De
même, après la Cinquième, qui évoque une période
stable (et, ne l'oublions pas, un passé vieux de dix ans),
la Sixième présente un Rousseau inquiet, mais toujours
doué de pénétration dans l'analyse intérieure, puisqu'il
nous donne là une des premières investigations du
comportement inconscient. Ces hauts et bas trahissent
le retour d'un passé sombre que l'auteur voulait croire
mort, et le convainquent que le « complot » a encore
prise sur lui, comme on le verra bien dans la Neuvième
Promenade. Cette composition en dents de scie du
recueil a exercé l'ingéniosité de la critique, intriguée
par la discontinuité d'une Promenade à la suivante, ou
par les ponts qui semblent s'établir entre deux Promenades séparées par l'obstacle d'un corps étranger. Ces
constatations ne seraient surprenantes que si les *Rêveries* avaient été rédigées d'une traite, et s'interdisaient
de refléter l'humeur du moment — ce qui est justement
leur propos. En gros, un rythme oscillatoire se dessine
ainsi entre des phases d'équilibre et des phases
d'inquiétude; il correspond à peu près à la courbe de
l'humeur de Rousseau, telle que la dessinent les
impressions de ceux de ses contemporains qui lui ont
rendu visite au cours des quinze à dix-huit mois sur
lesquels s'étend la rédaction du livre : on sait que sa
santé physique et morale connut alors des vicissitudes.
Une telle alternance — la critique structuraliste parle-
rait de « polarité » — est à rapprocher du processus
d'opposition mentionné plus haut à propos du système

de valeurs de Rousseau. Il n'aime guère les nuances, et
pense volontiers au moyen de couples antithétiques de
concepts : relatif et absolu, apparence et réalité, vérité
et mensonge. Le recueil des *Rêveries* oscille d'un bout à
l'autre entre les sentiments de persécution et de salut
(ce dernier terme n'étant pas nécessairement à prendre
au sens chrétien traditionnel). Dans les périodes de
stabilité, Rousseau reconstruit logiquement sa vie pas-
sée, et, convaincu d'une intervention du Ciel dans son
destin, se croit désormais à l'abri. C'est l'état d'esprit de
la Première Promenade, de la Troisième, de certaines
sections de la Huitième, dont le ton n'est pas si homo-
gène qu'on l'attendrait chez un homme qui prétend
avoir « retrouvé la paix de l'âme ». Nous serions naïfs
de lui faire confiance. Comment un homme comme
Rousseau peut-il jamais se considérer à l'abri du destin ? La sagesse grecque enseigne que cette confiance
peut être la forme la plus dangereuse de l'orgueil.
Rousseau a lu dans Plutarque — sa seule lecture désormais — l'anecdote de Crésus et de Solon, à laquelle il
se réfère au début et à la fin de la Troisième Promenade,
et sait qu'aucun homme, avant d'être arrivé à l'instant
de sa mort, ne peut se proclamer à l'abri des atteintes
du sort.

L'inachèvement même des *Rêveries* est le plus tan-
gible témoignage de l'instabilité à laquelle reste en proie
leur auteur. On imaginerait volontiers un Jean-Jacques
terrassé à sa table de travail, à Ermenonville, au milieu
de cette Dixième Promenade où il évoque avec attendrissement « la meilleure des femmes ». Beau sujet
d'image d'Épinal, mais fort loin de la réalité. La
Dixième Promenade, datée (c'est la seule) du jour de
« Pâques fleuries », c'est-à-dire du dimanche des
Rameaux, 12 avril 1778, a été écrite à Paris, rue Plâtrière, cinq semaines avant le départ pour Ermenonville, où Rousseau meurt le 2 juillet. Il aurait eu tout le
temps de terminer la rédaction. Pourquoi la Dixième
Promenade reste-t-elle inachevée ? Pourquoi *dix* Promenades (on peut penser que les souvenirs classiques

de Rousseau l'auraient plutôt incité à en écrire douze)?
La réponse s'impose : c'est qu'en avril 1778, Rousseau
a renoncé à poursuivre ce qu'il présente dans la Première Promenade comme « la suite de... [ses] *Confessions* ». Le 2 mai, il remet à Moultou, son exécutaire
testamentaire, les manuscrits des *Confessions* et des
Dialogues (mais non des *Rêveries*), en vue d'une publication posthume. A-t-il dès lors renoncé définitivement
à toute activité littéraire ? Ce n'est pas sûr. Avec lui,
aucune résolution de cet ordre n'est définitive ; des
témoignages — qu'il est difficile de contrôler — font
état de l'intention qu'il aurait eue de reprendre, à
Ermenonville, *le Contrat social*, et de se remettre à la
« suite d'*Émile* » (*Émile et Sophie, ou les Solitaires*). Il
n'envisage pas, en tout cas, de publier les *Rêveries*, dont
seules les sept premières ont été transcrites au net. Elles
sont écrites pour lui seul (Première Promenade), en ce
sens que cette rédaction n'est pour lui qu'un délasse-
ment, un divertissement au même titre que la botanique (Septième Promenade). Or, nous savons que
dans ses douze ou quinze dernières années il a adopté,
abandonné, repris la botanique. De même la rédaction
des *Confessions* a été abandonnée, puis reprise, au gré
de ces phases de dépression et de rétablissement qu'il
connaît depuis si longtemps. Quand on compare la
minceur du volume des *Rêveries* à la durée de rédaction, force est de constater que cette composition a été
des plus intermittentes ; les dates qu'on a pu établir
pour la rédaction de chaque Promenade confirment
cette constatation. Dans les intervalles de santé et de
relative tranquillité d'esprit qu'il connaît alors, c'est
tantôt à la botanique, tantôt à la composition littéraire
ou musicale, qu'il demande un dérivatif, une « consolation des misères de [sa] vie » (titre du recueil posthume
de ses compositions musicales). En août 1777, il cesse
complètement son travail de copiste. Ces activités sont
pour lui ce qu'il appelle des « suppléments », c'est-à-
dire, au sens qu'avait alors ce mot, des occupations de
remplacement, des valeurs *ersatz*, des illusions délibé-

rément cultivées, selon une amère et lucide philosophie qui rappelle la notion pascalienne de *divertissement*, à défaut de pouvoir atteindre aux vrais biens que ce cœur épris d'idéal sait être utopiques. « Il me fallait tout ou rien », écrivait-il dans les *Confessions*. Mais il est impossible de se contenter de rien ; d'où ces « suppléments », au nombre desquels il range ses sentiments pour Thérèse Levasseur. Le mot *supplément*, employé en ce sens, revient plusieurs fois dans les *Confessions*, et de même dans les *Rêveries* le verbe *suppléer*, les expressions *idées consolantes, compensation, dédommagement*. Au temps des *Rêveries*, botanique et composition littéraire sont des *suppléments*, des palliatifs qu'exige le besoin frustré soit d'expansion soit de concentration. C'est surtout dans la Neuvième Promenade que s'exprime la frustration des sentiments sociables de Jean-Jacques. Quant à la concentration, qui est confiance de pouvoir se suffire à soi-même, et qui est alors la seule réaction logique devant une humanité qui se refuse à lui, elle n'est plus qu'un beau souvenir du temps déjà lointain de l'île de Saint-Pierre (Cinquième Promenade). Le Promeneur solitaire, dans cette pièce de cabinet qu'est la Première Promenade (préface en forme, et non promenade), s'efforce de se persuader lui-même qu'il pourra recapturer cet égotisme serein ; mais il doit bientôt s'avouer que son esprit « affaissé », victime du déclin de ses facultés d'imagination et de mémoire, n'a plus la force de « nager dans le chaos de [ses] anciennes extases ». Incapable de renoncer à la société des hommes, incapable de se suffire à lui-même dans une rêverie qui soit évasion du monde et du corps, il se rejette tantôt, en s'abandonnant à la marche et aux impressions des sens, dans la promenade botanique, promenade physique, tantôt dans la « promenade » littéraire, processus de sublimation ou de compensation, forme de délivrance de soi-même par l'écriture et de communication au moins virtuelle. Mais il lui vient de temps à autre des doutes sur le bien-fondé de cette dernière possibilité. Ne déclare-t-il pas dans la Première Promenade que désormais « s'abstenir est [son] unique devoir » ? Politique d'abstention qu'il est impossible de restreindre aux seuls rapports de moralité sociale. Pour qui se propose d'être « nul » (Sixième Promenade), c'est encore trop que d'écrire, même pour soi.

Rousseau a donc dû à plusieurs reprises croire de bonne foi qu'il ne reprendrait pas la plume, que l'entreprise hasardeuse des *Rêveries*, soumise par définition à l'humeur du moment, n'aboutirait pas à un ouvrage en forme. Le début de la Septième Promenade, consacrée à la botanique (été 1777), illustre bien la concurrence que se font la botanique et la notation des promenades, méditations ou rêveries : « Le recueil de mes longs rêves est à peine commencé, et déjà je sens qu'il touche à sa fin. Un autre *amusement* lui succède, m'absorbe, et m'ôte même le temps de rêver... » Pourquoi s'astreindrait-il à ce travail de rédaction, alors qu'il n'a « plus d'autre règle de conduite que de suivre en tout [son] penchant sans contrainte » ? Il dut pourtant alors, en copiste consciencieux qu'il fut toujours, mettre au net les sept Promenades jusqu'alors rédigées. Puis, l'hiver venant, et les sorties botaniques n'étant plus possibles, il reprend la plume, rédige au brouillon deux nouvelles Promenades (février-mars 1778). Le souvenir d'un anniversaire l'incite à en commencer une dixième (12 avril 1778), qui reste inachevée. Une nouvelle phase botanique s'ouvre lorsqu'il décide de quitter Paris pour Ermenonville, et il meurt sans être revenu au manuscrit des *Rêveries*.

Dans ce dernier chef-d'œuvre brûle le farouche orgueil du Rousseau de toujours, hanté par la crainte qu'on puisse le confondre avec le reste des hommes, plus attaché que jamais à ses antithèses, sinon à ses paradoxes. Mais il s'y mêle le sentiment d'étouffement où l'emprisonne une solitude à la fois voulue et haïe. Dans l'expression, même combinaison de la rhétorique, que Rousseau a toujours maniée en expert (particulièrement sensible, ici, dans la multiplication des exclamations et interrogations, oratoires souvent), et

d'une sobriété dépouillée, la couleur étant
constamment sacrifiée à une musique mélancolique ou
passionnée de la phrase. La langue est peu concrète (à
peine faut-il faire exception pour les Cinquième et
Septième Promenades); on pourrait même reprocher
quelque imprécision au vocabulaire philosophique. Les
métaphores sont rares et discrètes, même celles qui
relèvent de l'imagerie du « complot », ténèbres, liens,
rets, pièges. Mais la mélodie de la phrase, on l'a souvent
souligné, place ce petit livre parmi les plus beaux qui
ornent la prose française. Rousseau, là non plus, n'en
est pas à ses premières armes ; dans la *Nouvelle Héloïse*,
l'auteur des *Confessions* signale rétrospectivement, sans
modestie vraie ou fausse, des « chefs-d'œuvre de dic-
tion ». La phrase des *Rêveries* est plus variée que ne le
ferait croire un passage trop souvent cité, encore
qu'admirable, de la Cinquième Promenade. Il n'est pas
sûr que les phrases courtes de la Dixième Promenade,
en notations accumulées suggérant la stabilité par la
multiplication des constatations, correspondent à une
simple esquisse qui aurait été développée dans la rédaction définitive. Mais le type de phrase le plus intéressant est sans doute celui que J. Starobinski appelle la
litanie, où la répétition d'un mot — l'adjectif *seul* par
exemple — constitue une note dominante préludant à
des vagues successives de longueur croissante où
s'accumule l'émotion. Procédé musical et romantique
qui, par la présence d'un leitmotiv mélancolique, suggère le rapprochement avec certaines pièces de Chopin
ou mieux encore de Liszt. Le leitmotiv peut exister
dans l'esprit de Rousseau antérieurement à la composition des *Rêveries* : la phrase sur laquelle s'ouvre le
recueil peut se lire déjà, à quelques variantes près, qui
ne modifient pas le mouvement musical, dans quatre ou
cinq passages des écrits ou de la correspondance depuis
1763 ou 1764. C'est comme si, dans la répétition
mélodieuse de ses plaintes, l'auteur trouvait une consolation. Compositeur de musique ou écrivain, il laisse
chanter dans sa tête un motif qu'il fixera plus d'une

fois sur le papier, et qu'il aime à relire pour en bercer sa tristesse. Le sentiment en est-il moins sincère? La question, dans le cas d'un artiste, n'a guère de sens. On ne peut douter que le Promeneur solitaire soit malheureux. L'émouvante beauté des *Rêveries* est peut-être moins dans la pure sérénité de la Cinquième Promenade — dont on oublie trop qu'elle se termine sur un triste retour au présent — que dans les pathétiques retombées qui suivent les moments où s'affirment la résignation et la force. Aux réconfortants mensonges d'un traitement par l'autosuggestion, l'auteur demande de le persuader qu'il a désormais retrouvé la paix, et que l'hostile silence des hommes ne peut plus le faire souffrir.

Jacques VOISINE.

La présente édition reproduit le texte de l'édition publiée par M. Henri Roddier, professeur à la Sorbonne, dans la collection des Classiques Garnier.

LES RÊVERIES
DU
PROMENEUR SOLITAIRE

PREMIÈRE PROMENADE

Me voici donc seul sur la terre, n'ayant plus de frère, de prochain, d'ami, de société que moi-même. Le plus sociable et le plus aimant des humains en a été proscrit par un accord unanime. Ils ont cherché dans les raffinements de leur haine quel tourment pouvait être le plus cruel à mon âme sensible, et ils ont brisé violemment tous les liens qui m'attachaient à eux. J'aurais aimé les hommes en dépit d'eux-mêmes. Ils n'ont pu qu'en cessant de l'être se dérober à mon affection. Les voilà donc étrangers, inconnus, nuls enfin pour moi puisqu'ils l'ont voulu. Mais moi, détaché d'eux et de tout, que suis-je moi-même? Voilà ce qui me reste à chercher. Malheureusement cette recherche doit être précédée d'un coup d'œil sur ma position. C'est une idée par laquelle il faut nécessairement que je passe pour arriver d'eux à moi.

Depuis quinze ans et plus je suis dans cette étrange position, elle me paraît encore un rêve. Je m'imagine toujours qu'une indigestion me tourmente, que je dors d'un mauvais sommeil, et que je vais me réveiller bien soulagé de ma peine en me retrouvant avec mes amis. Oui, sans doute, il faut que j'aie fait sans que je m'en aperçusse un saut de la veille au sommeil, ou plutôt de la vie à la mort. Tiré je ne sais comment de l'ordre deschoses, je me suis vu précipité dans un chaos incom-

préhensible où je n'aperçois rien du tout ; et plus je
pense à ma situation présente et moins je puis
comprendre où je suis.

Eh ! comment aurais-je pu prévoir le destin qui
m'attendait ? Comment le puis-je concevoir encore
aujourd'hui que j'y suis livré ? Pouvais-je dans mon bon
sens supposer qu'un jour, moi le même homme que
j'étais, le même que je suis encore, je passerais, je serais
tenu sans le moindre doute pour un monstre, un
empoisonneur, un assassin, que je deviendrais l'horreur de la race humaine, le jouet de la canaille, que
toute la salutation que me feraient les passants serait de
cracher sur moi, qu'une génération tout entière s'amu-
serait d'un accord unanime à m'enterrer tout vivant ?
Quand cette étrange révolution se fit, pris au dépourvu,
j'en fus d'abord bouleversé. Mes agitations, mon indignation, me plongèrent dans un délire qui n'a pas eu
trop de dix ans pour se calmer, et dans cet intervalle,
tombé d'erreur en erreur, de faute en faute, de sottise
en sottise, j'ai fourni par mes imprudences aux direc-
teurs de ma destinée autant d'instruments qu'ils ont
habilement mis en œuvre pour la fixer sans retour.

Je me suis débattu longtemps aussi violemment que
vainement. Sans adresse, sans art, sans dissimulation,
sans prudence, franc, ouvert, impatient, emporté, je
n'ai fait en me débattant que m'enlacer davantage et
leur donner incessamment de nouvelles prises qu'ils
n'ont eu garde de négliger. Sentant enfin tous mes
efforts inutiles et me tourmentant à pure perte j'ai pris
le seul parti qui me restait à prendre, celui de me soumettre à ma destinée sans plus regimber contre la nécessité. J'ai trouvé dans cette résignation le dédommagement de tous mes maux par la tranquillité qu'elle me
procure et qui ne pouvait s'allier avec le travail continuel d'une résistance aussi pénible qu'infructueuse.

Une autre chose a contribué à cette tranquillité. Dans
tous les raffinements de leur haine mes persécuteurs en
ont omis un que leur animosité leur a fait oublier ;

c'était d'en graduer si bien les effets qu'ils pussent entretenir et renouveler mes douleurs sans cesse en me portant toujours quelque nouvelle atteinte. S'ils avaient eu l'adresse de me laisser quelque lueur d'espérance ils me tiendraient encore par là. Ils pourraient faire encore de moi leur jouet par quelque faux leurre, et me navrer ensuite d'un tourment toujours nouveau par mon attente déçue. Mais ils ont d'avance épuisé toutes leurs ressources; en ne me laissant rien ils se sont tout ôté à eux-mêmes. La diffamation, la dépression, la dérision, l'opprobre dont ils m'ont couvert ne sont pas plus susceptibles d'augmentation que d'adoucissement; nous sommes également hors d'état, eux de les aggraver et moi de m'y soustraire. Ils se sont tellement pressés de porter à son comble la mesure de ma misère que toute la puissance humaine aidée de toutes les ruses de l'enfer, n'y saurait plus rien ajouter. La douleur physique elle-même au lieu d'augmenter mes peines y ferait diversion. En m'arrachant des cris, peut-être, elle m'épargnerait des gémissements, et les déchirements de mon corps suspendraient ceux de mon cœur.

Qu'ai-je encore à craindre d'eux puisque tout est fait? Ne pouvant plus empirer mon état ils ne sauraient plus m'inspirer d'alarmes. L'inquiétude et l'effroi sont des maux dont ils m'ont pour jamais délivré: c'est toujours un soulagement. Les maux réels ont sur moi peu de prise; je prends aisément mon parti sur ceux que j'éprouve, mais non pas sur ceux que je crains. Mon imagination effarouchée les combine, les retourne, les étend et les augmente. Leur attente me tourmente cent fois plus que leur présence, et la menace m'est plus terrible que le coup. Sitôt qu'ils arrivent, l'événement leur ôtant tout ce qu'ils avaient d'imaginaire les réduit à leur juste valeur. Je les trouve alors beaucoup moindres que je ne me les étais figurés, et même au milieu de ma souffrance je ne laisse pas de me sentir soulagé. Dans cet état, affranchi de toute nouvelle crainte et délivré de l'inquiétude de l'espérance, la seule habitude suffira pour me rendre de jour en jour plus supportable une situation que rien ne peut empirer, et à mesure que le sentiment s'en émousse par la durée ils n'ont plus de moyens pour le ranimer. Voilà le bien que m'ont fait mes persécuteurs en épuisant sans mesure tous les traits de leur animosité. Ils se sont ôté sur moi tout empire, et je puis désormais me moquer d'eux.

Il n'y a pas deux mois encore qu'un plein calme est rétabli dans mon cœur. Depuis longtemps je ne craignais plus rien, mais j'espérais encore, et cet espoir tantôt bercé tantôt frustré était une prise par laquelle mille passions diverses ne cessaient de m'agiter. Un événement aussi triste qu'imprévu vient enfin d'effacer de mon cœur ce faible rayon d'espérance et m'a fait voir ma destinée fixée à jamais sans retour ici-bas. Dès lors je me suis résigné sans réserve et j'ai retrouvé la paix.

Sitôt que j'ai commencé d'entrevoir la trame dans toute son étendue, j'ai perdu pour jamais l'idée de ramener de mon vivant le public sur mon compte et même ce retour ne pouvant plus être réciproque me serait désormais bien inutile. Les hommes auraient beau revenir à moi, ils ne me retrouveraient plus. Avec le dédain qu'ils m'ont inspiré leur commerce me serait insipide et même à charge, et je suis cent fois plus heureux dans ma solitude que je ne pourrais l'être en vivant avec eux. Ils ont arraché de mon cœur toutes les douceurs de la société. Elles n'y pourraient plus germer derechef à mon âge ; il est trop tard. Qu'ils me fassent désormais du bien ou du mal tout m'est indifférent de leur part, et quoi qu'ils fassent, mes contemporains ne seront jamais rien pour moi.

Mais je comptais encore sur l'avenir, et j'espérais qu'une génération meilleure, examinant mieux et les jugements portés par celle-ci sur mon compte et sa conduite avec moi, démêlerait aisément l'artifice de ceux qui la dirigent et me verrait enfin tel que je suis. C'est cet espoir qui m'a fait écrire mes *Dialogues*, et qui m'a suggéré mille folles tentatives pour les faire passer à la postérité. Cet espoir, quoique éloigné, tenait mon âme dans la même agitation que quand je cherchais

encore dans le siècle un cœur juste, et mes espérances
que j'avais beau jeter au loin me rendaient également le
jouet des hommes d'aujourd'hui. J'ai dit dans mes
Dialogues sur quoi je fondais cette attente. Je me trom-
pais. Je l'ai senti par bonheur assez à temps pour
trouver encore avant ma dernière heure un intervalle de
pleine quiétude et de repos absolu. Cet intervalle a
commencé à l'époque dont je parle, et j'ai lieu de croire
qu'il ne sera plus interrompu.

Il se passe bien peu de jours que de nouvelles
réflexions ne me confirment combien j'étais dans
l'erreur de compter sur le retour du public, même dans
un autre âge; puisqu'il est conduit dans ce qui me
regarde par des guides qui se renouvellent sans cesse
dans les corps qui m'ont pris en aversion. Les particuliers meurent, mais les corps collectifs ne meurent
point. Les mêmes passions s'y perpétuent, et leur haine
ardente, immortelle comme le démon qui l'inspire, a
toujours la même activité. Quand tous mes ennemis
particuliers seront morts, les médecins, les oratoriens
vivront encore, et quand je n'aurais pour persécuteurs
que ces deux corps-là, je dois être sûr qu'ils ne laisse-
ront pas plus de paix à ma mémoire après ma mort
qu'ils n'en laissent à ma personne de mon vivant.
Peut-être, par trait de temps, les médecins, que j'ai
réellement offensés, pourraient-ils s'apaiser : mais les
oratoriens que j'aimais, que j'estimais, en qui j'avais
toute confiance, et que je n'offensai jamais, les oratoriens, gens d'Église et demi-moines, seront à jamais
implacables; leur propre iniquité fait mon crime que
leur amour-propre ne me pardonnera jamais, et le
public, dont ils auront soin d'entretenir et ranimer
l'animosité sans cesse, ne s'apaisera pas plus qu'eux.

Tout est fini pour moi sur la terre. On ne peut plus
m'y faire ni bien ni mal. Il ne me reste plus rien à
espérer ni à craindre en ce monde, et m'y voilà tranquille au fond de l'abîme, pauvre mortel infortuné,
mais impassible comme Dieu même.

Tout ce qui m'est extérieur m'est étranger désormais.

Je n'ai plus en ce monde ni prochain, ni semblables, ni frères. Je suis sur la terre comme dans une planète étrangère, où je serais tombé de celle que j'habitais. Si je reconnais autour de moi quelque chose ce ne sont que des objets affligeants et déchirants pour mon cœur, et je ne peux jeter les yeux sur ce qui me touche et m'entoure sans y trouver toujours quelque sujet de dédain qui m'indigne, ou de douleur qui m'afflige. Écartons donc de mon esprit tous les pénibles objets dont je m'occuperais aussi douloureusement qu'inutilement. Seul pour le reste de ma vie, puisque je ne trouve qu'en moi la consolation, l'espérance et la paix, je ne dois ni ne veux plus m'occuper que de moi. C'est dans cet état que je reprends la suite de l'examen sévère et sincère que j'appelai jadis mes *Confessions*. Je consacre mes derniers jours à m'étudier moi-même et à préparer d'avance le compte que je ne tarderai pas à rendre de moi. Livrons-nous tout entier à la douceur de converser avec mon âme puisqu'elle est la seule que les hommes ne puissent m'ôter. Si à force de réfléchir sur mes dispositions intérieures je parviens à les mettre en meilleur ordre et à corriger le mal qui peut y rester, mes méditations ne seront pas entièrement inutiles, et quoique je ne sois plus bon à rien sur la terre, je n'aurai pas tout à fait perdu mes derniers jours. Les loisirs de mes promenades journalières ont souvent été remplis de contemplations charmantes dont j'ai regret d'avoir perdu le souvenir. Je fixerai par l'écriture celles qui pourront me venir encore ; chaque fois que je les relirai m'en rendra la jouissance. J'oublierai mes malheurs, mes persécuteurs, mes opprobres, en songeant au prix qu'avait mérité mon cœur.

Ces feuilles ne seront proprement qu'un informe journal de mes rêveries. Il y sera beaucoup question de moi parce qu'un solitaire qui réfléchit s'occupe nécessairement beaucoup de lui-même. Du reste toutes les idées étrangères qui me passent par la tête en me promenant y trouveront également leur place. Je dirai ce que j'ai pensé tout comme il m'est venu et avec aussi peu de liaison que les idées de la veille en ont d'ordinaire avec celles du lendemain. Mais il en résultera toujours une nouvelle connaissance de mon naturel et de mon humeur par celle des sentiments et des pensées dont mon esprit fait sa pâture journalière dans l'étrange état où je suis. Ces feuilles peuvent donc être regardées comme un appendice de mes *Confessions*, mais je ne leur en donne plus le titre, ne sentant plus rien à dire qui puisse le mériter. Mon cœur s'est purifié à la coupelle de l'adversité, et j'y trouve à peine en le sondant avec soin quelque reste de penchant répréhensible. Qu'aurais-je encore à confesser quand toutes les affections terrestres en sont arrachées ? Je n'ai pas plus à me louer qu'à me blâmer : je suis nul désormais parmi les hommes, et c'est tout ce que je puis être, n'ayant plus avec eux de relation réelle, de véritable société. Ne pouvant plus faire aucun bien qui ne tourne à mal, ne pouvant plus agir sans nuire à autrui ou à moi-même, m'abstenir est devenu mon unique devoir, et je le remplis autant qu'il est en moi. Mais dans ce désœuvrement du corps mon âme est encore active, elle produit encore des sentiments, des pensées, et sa vie interne et morale semble encore s'être accrue par la mort de tout intérêt terrestre et temporel. Mon corps n'est plus pour moi qu'un embarras, qu'un obstacle, et je m'en dégage d'avance autant que je puis.

Une situation si singulière mérite assurément d'être examinée et décrite, et c'est à cet examen que je consacre mes derniers loisirs. Pour le faire avec succès il y faudrait procéder avec ordre et méthode : mais je suis incapable de ce travail et même il m'écarterait de mon but qui est de me rendre compte des modifications de mon âme et de leurs successions. Je ferai sur moi-même à quelque égard les opérations que font les physiciens sur l'air pour en connaître l'état journalier. J'appliquerai le baromètre à mon âme, et ces opérations bien dirigées et longtemps répétées me pourraient fournir des résultats aussi sûrs que les leurs. Mais je n'étends pas jusque-là mon entreprise. Je me contenterai de tenir le registre des opérations sans chercher à les réduire en système. Je fais la même entreprise que Montaigne, mais avec un but tout contraire au sien : car il n'écrivait ses *Essais* que pour les autres, et je n'écris mes rêveries que pour moi. Si dans mes plus vieux jours aux approches du départ, je reste, comme je l'espère, dans la même disposition où je suis, leur lecture me rappellera la douceur que je goûte à les écrire, et faisant renaître ainsi pour moi le temps passé, doublera pour ainsi dire mon existence. En dépit des hommes je saurai goûter encore le charme de la société et je vivrai décrépit avec moi dans un autre âge, comme je vivrais avec un moins vieux ami.

J'écrivais mes premières *Confessions* et mes *Dialogues* dans un souci continuel sur les moyens de les dérober aux mains rapaces de mes persécuteurs, pour les transmettre s'il était possible à d'autres générations. La même inquiétude ne me tourmente plus pour cet écrit, je sais qu'elle serait inutile, et le désir d'être mieux connu des hommes s'étant éteint dans mon cœur, n'y laisse qu'une indifférence profonde sur le sort et de mes vrais écrits et des monuments de mon innocence, qui déjà peut-être ont été tous pour jamais anéantis. Qu'on épie ce que je fais, qu'on s'inquiète de ces feuilles, qu'on s'en empare, qu'on les supprime, qu'on les falsifie, tout cela m'est égal désormais. Je ne les cache ni ne les montre. Si on me les enlève de mon vivant on ne m'enlèvera ni le plaisir de les avoir écrites, ni le souvenir de leur contenu, ni les méditations solitaires dont elles sont le fruit et dont la source ne peut s'éteindre qu'avec mon âme. Si dès mes premières calamités j'avais su ne point regimber contre ma destinée, et prendre le parti que je prends aujourd'hui, tous les efforts des hommes, toutes leurs épouvantables machines eussent été sur moi sans effet, et ils n'auraient pas plus troublé mon repos par toutes leurs trames qu'ils ne peuvent le troubler désormais par tous leurs succès ; qu'ils jouissent à leur gré de mon opprobre, ils ne m'empêcheront pas de jouir de mon innocence et d'achever mes jours en paix malgré eux.

SECONDE PROMENADE

Ayant donc formé le projet de décrire l'état habituel de mon âme dans la plus étrange position où se puisse jamais trouver un mortel, je n'ai vu nulle manière plus simple et plus sûre d'exécuter cette entreprise que de tenir un registre fidèle de mes promenades solitaires et des rêveries qui les remplissent quand je laisse ma tête entièrement libre, et mes idées suivre leur pente sans résistance et sans gêne. Ces heures de solitude et de méditation sont les seules de la journée où je sois pleinement moi et à moi sans diversion, sans obstacle, et où je puisse véritablement dire être ce que la nature a voulu.

J'ai bientôt senti que j'avais trop tardé d'exécuter ce projet. Mon imagination déjà moins vive ne s'enflamme plus comme autrefois à la contemplation de l'objet qui l'anime, je m'enivre moins du délire de la rêverie ; il y a plus de réminiscence que de création dans ce qu'elle produit désormais, un tiède alanguissement énerve toutes mes facultés, l'esprit de vie s'éteint en moi par degrés ; mon âme ne s'élance plus qu'avec peine hors de sa caduque enveloppe, et sans l'espérance de l'état auquel j'aspire parce que je m'y sens avoir droit, je n'existerais plus que par des souvenirs. Ainsi pour me contempler moi-même avant mon déclin, il faut que je remonte au moins de quelques années au temps où perdant tout espoir ici-bas et ne trouvant plus d'aliment pour mon cœur sur la terre, je m'accoutumais peu à peu à le nourrir de sa propre substance et à chercher toute sa pâture au-dedans de moi.

Cette ressource, dont je m'avisai trop tard, devint si féconde qu'elle suffit bientôt pour me dédommager de tout. L'habitude de rentrer en moi-même me fit perdre enfin le sentiment et presque le souvenir de mes maux, j'appris ainsi par ma propre expérience que la source du vrai bonheur est en nous, et qu'il ne dépend pas des hommes de rendre vraiment misérable celui qui sait vouloir être heureux. Depuis quatre ou cinq ans je goûtais habituellement ces délices internes que trouvent dans la contemplation les âmes aimantes et douces. Ces ravissements, ces extases que j'éprouvais quelquefois en me promenant ainsi seul, étaient des jouissances que je devais à mes persécuteurs : sans eux je n'aurais jamais trouvé ni connu les trésors que je portais en moi-même. Au milieu de tant de richesses, comment en tenir un registre fidèle ? En voulant me rappeler tant de douces rêveries, au lieu de les décrire j'y retombais. C'est un état que son souvenir ramène, et qu'on cesserait bientôt de connaître en cessant tout à fait de le sentir.

J'éprouvai bien cet effet dans les promenades qui suivirent le projet d'écrire la suite de mes *Confessions*, surtout dans celle dont je vais parler et dans laquelle un accident imprévu vint rompre le fil de mes idées et leur donner pour quelque temps un autre cours.

Le jeudi 24 octobre 1776, je suivis après dîner les boulevards jusqu'à la rue du Chemin-Vert par laquelle je gagnai les hauteurs de Ménilmontant, et de là prenant les sentiers à travers les vignes et les prairies, je traversai jusqu'à Charonne le riant paysage qui sépare ces deux villages, puis je fis un détour pour revenir par les mêmes prairies en prenant un autre chemin. Je m'amusais à les parcourir avec ce plaisir et cet intérêt que m'ont toujours donnés les sites agréables, et m'arrêtant quelquefois à fixer des plantes dans la verdure. J'en aperçus deux que je voyais assez rarement autour de Paris et que je trouvai très abondantes dans ce canton-là. L'une est le *Picris hieracioïdes* de la famille des composées, et l'autre le *Buplevrum falcatum* de celle des ombellifères. Cette découverte me réjouit et m'amusa très longtemps et finit par celle d'une plante encore plus rare, surtout dans un pays élevé, savoir le *Cerastium aquaticum* que, malgré l'accident qui m'arriva le même jour, j'ai retrouvé dans un livre que j'avais sur moi et placé dans mon herbier.

Enfin après avoir parcouru en détail plusieurs autres plantes que je voyais encore en fleurs, et dont l'aspect et l'énumération qui m'était familière me donnaient néanmoins toujours du plaisir, je quittai peu à peu ces menues observations pour me livrer à l'impression non moins agréable mais plus touchante que faisait sur moi l'ensemble de tout cela. Depuis quelques jours on avait achevé la vendange ; les promeneurs de la ville s'étaient déjà retirés ; les paysans aussi quittaient les champs jusqu'aux travaux d'hiver. La campagne encore verte et riante, mais défeuillée en partie et déjà presque déserte, offrait partout l'image de la solitude et des approches de l'hiver. Il résultait de son aspect un mélange d'impression douce et triste trop analogue à mon âge et à mon sort pour que je ne m'en fisse pas l'application. Je me voyais au déclin d'une vie innocente et infortunée, l'âme encore pleine de sentiments vivaces et l'esprit encore orné de quelques fleurs, mais déjà flétries par la tristesse et desséchées par les ennuis. Seul et délaissé, je sentais venir le froid des premières glaces, et mon imagination tarissante ne peuplait plus ma solitude d'êtres formés selon mon cœur. Je me disais en soupirant : qu'ai-je fait ici-bas ? J'étais fait pour vivre, et je meurs sans avoir vécu. Au moins ce n'a pas été ma faute, et je porterai à l'auteur de mon être, sinon l'offrande des bonnes œuvres qu'on ne m'a pas laissé faire, du moins un tribut de bonnes intentions frustrées, de sentiments sains mais rendus sans effet, et d'une patience à l'épreuve des mépris des hommes. Je m'attendrissais sur ces réflexions, je récapitulais les mouvements de mon âme dès ma jeunesse, et pendant mon âge mûr, et depuis qu'on m'a séquestré de la société des hommes, et durant la longue retraite dans laquelle je dois achever mes jours. Je revenais avec complaisance sur toutes les affections de mon cœur, sur ses attachements si tendres mais si aveugles, sur les idées moins tristes que consolantes dont mon esprit s'était nourri depuis quelques années, et je me préparais à les rappeler assez pour les décrire avec un plaisir presque égal à celui que j'avais pris à m'y livrer. Mon après-midi se passa dans ces paisibles méditations, et je m'en revenais très content de ma journée, quand au fort de ma rêverie j'en fus tiré par l'événement qui me reste à raconter.

J'étais sur les six heures à la descente de Ménilmontant presque vis-à-vis du Galant Jardinier, quand des personnes qui marchaient devant moi s'étant tout à coup brusquement écartées je vis fondre sur moi un gros chien danois qui, s'élançant à toutes jambes devant un carrosse, n'eut pas même le temps de retenir sa course ou de se détourner quand il m'aperçut. Je jugeai que le seul moyen que j'avais d'éviter d'être jeté par terre était de faire un grand saut si juste que le chien passât sous moi tandis que je serais en l'air. Cette idée plus prompte que l'éclair et que je n'eus le temps ni de raisonner ni d'exécuter fut la dernière avant mon accident. Je ne sentis ni le coup ni la chute, ni rien de ce qui s'ensuivit jusqu'au moment où je revins à moi.

Il était presque nuit quand je repris connaissance. Je me trouvai entre les bras de trois ou quatre jeunes gens qui me racontèrent ce qui venait de m'arriver. Le chien danois n'ayant pu retenir son élan s'était précipité sur mes deux jambes et, me choquant de sa masse et de sa vitesse, m'avait fait tomber la tête en avant : la mâchoire supérieure portant tout le poids de mon corps avait frappé sur un pavé très raboteux, et la chute avait été d'autant plus violente qu'étant à la descente, ma tête avait donné plus bas que mes pieds.

Le carrosse auquel appartenait le chien suivait immédiatement et m'aurait passé sur le corps si le cocher n'eût à l'instant retenu ses chevaux. Voilà ce que j'appris par le récit de ceux qui m'avaient relevé et qui me soutenaient encore lorsque je revins à moi. L'état auquel je me trouvai dans cet instant est trop singulier pour n'en pas faire ici la description.

La nuit s'avançait. J'aperçus le ciel, quelques étoiles, et un peu de verdure. Cette première sensation fut un moment délicieux. Je ne me sentais encore que par là. Je naissais dans cet instant à la vie, et il me semblait que je remplissais de ma légère existence tous les objets que j'apercevais. Tout entier au moment présent je ne me souvenais de rien; je n'avais nulle notion distincte de mon individu, pas la moindre idée de ce qui venait de m'arriver; je ne savais ni qui j'étais ni où j'étais; je ne sentais ni mal, ni crainte, ni inquiétude. Je voyais couler mon sang comme j'aurais vu couler un ruisseau, sans songer seulement que ce sang m'appartînt en aucune sorte. Je sentais dans tout mon être un calme ravissant, auquel chaque fois que je me le rappelle, je ne trouve rien de comparable dans toute l'activité des plaisirs connus.

On me demanda où je demeurais; il me fut impossible de le dire. Je demandai où j'étais; on me dit, *à la Haute-Borne*; c'était comme si l'on m'eût dit *au mont Atlas*. Il fallut demander successivement le pays, la ville et le quartier où je me trouvais. Encore cela ne put-il suffire pour me reconnaître; il me fallut tout le trajet de là jusqu'au boulevard pour me rappeler ma demeure et mon nom. Un monsieur que je ne connaissais pas et qui eut la charité de m'accompagner quelque temps, apprenant que je demeurais si loin, me conseilla de prendre au Temple un fiacre pour me conduire chez moi. Je marchais très bien, très légèrement, sans sentir ni douleur ni blessure, quoique je crachasse toujours beaucoup de sang. Mais j'avais un frisson glacial qui faisait claquer d'une façon très incommode mes dents fracassées. Arrivé au Temple, je pensai que puisque je marchais sans peine il valait mieux continuer ainsi ma route à pied que de m'exposer à périr de froid dans un fiacre. Je fis ainsi la demi-lieue qu'il y a du Temple à la rue Plâtrière, marchant sans peine, évitant les embarras, les voitures, choisissant et suivant mon chemin tout aussi bien que j'aurais pu faire en pleine santé. J'arrive, j'ouvre le secret qu'on a fait mettre à la porte de la rue, je monte l'escalier dans l'obscurité, et j'entre enfin chez moi sans autre accident que ma chute et ses suites, dont je ne m'apercevais pas même encore alors.

Les cris de ma femme en me voyant me firent comprendre que j'étais plus maltraité que je ne pensais. Je passai la nuit sans connaître encore et sentir mon mal. Voici ce que je sentis et trouvai le lendemain. J'avais la lèvre supérieure fendue en dedans jusqu'au nez; en dehors la peau l'avait mieux garantie et empêchait la totale séparation; quatre dents enfoncées à la mâchoire supérieure, toute la partie du visage qui la couvre extrêmement enflée et meurtrie, le pouce droit foulé et très gros, le pouce gauche grièvement blessé, le bras gauche foulé, le genou gauche aussi très enflé et qu'une contusion forte et douloureuse empêchait totalement de plier. Mais avec tout ce fracas rien de brisé, pas même une dent, bonheur qui tient du prodige dans une chute comme celle-là.

Voilà très fidèlement l'histoire de mon accident. En peu de jours cette histoire se répandit dans Paris, tellement changée et défigurée qu'il était impossible d'y rien reconnaître. J'aurais dû compter d'avance sur cette métamorphose; mais il s'y joignit tant de circonstances bizarres, tant de propos obscurs et de réticences l'accompagnèrent, on m'en parlait d'un air si risiblement discret que tous ces mystères m'inquiétèrent. J'ai toujours haï les ténèbres, elles m'inspirent naturellement une horreur que celles dont on m'environne depuis tant d'années n'ont pas dû diminuer. Parmi toutes les singularités de cette époque je n'en remarquerai qu'une, mais suffisante pour faire juger des autres.

M. Lenoir, Lieutenant général de police, avec lequel

je n'avais eu jamais aucune relation, envoya son secrétaire s'informer de mes nouvelles, et me faire d'ins-
tantes offres de services qui ne me parurent pas dans la
circonstance d'une grande utilité pour mon soulagement. Son secrétaire ne laissa pas de me presser très
vivement de me prévaloir de ces offres, jusqu'à me dire
que si je ne me fiais pas à lui, je pouvais écrire
directement à M. Lenoir. Ce grand empressement et
l'air de confidence qu'il y joignit me firent comprendre
qu'il y avait sous tout cela quelque mystère que je
cherchais vainement à pénétrer. Il n'en fallait pas tant
pour m'effaroucher, surtout dans l'état d'agitation où
mon accident et la fièvre qui s'y était jointe avaient mis
ma tête. Je me livrais à mille conjectures inquiétantes et
tristes, et je faisais sur tout ce qui se passait autour de
moi des commentaires qui marquaient plutôt le délire
de la fièvre que le sang-froid d'un homme qui ne prend
plus d'intérêt à rien.

Un autre événement vint achever de troubler ma
tranquillité. Mme d'Ormoy m'avait recherché depuis
quelques années, sans que je pusse deviner pourquoi.
De petits cadeaux affectés, de fréquentes visites sans
objet et sans plaisir me marquaient assez un but secret à
tout cela, mais ne me le montraient pas. Elle m'avait
parlé d'un roman qu'elle voulait faire pour le présenter
à la Reine. Je lui avais dit ce que je pensais des femmes
auteurs. Elle m'avait fait entendre que ce projet avait
pour but le rétablissement de sa fortune, pour lequel
elle avait besoin de protection; je n'avais rien à
répondre à cela. Elle me dit depuis que, n'ayant pu
avoir accès auprès de la Reine, elle était déterminée à
donner son livre au public. Ce n'était plus le cas de lui
donner des conseils qu'elle ne me demandait pas, et
qu'elle n'aurait pas suivis. Elle m'avait parlé de me
montrer auparavant le manuscrit. Je la priai de n'en
rien faire, et elle n'en fit rien.

Un beau jour, durant ma convalescence, je reçus de
sa part ce livre tout imprimé et même relié, et je vis
dans la préface de si grosses louanges de moi, si

maussadement plaquées et avec tant d'affectation que j'en fus désagréablement affecté. La rude flagornerie qui s'y faisait sentir ne s'allia jamais avec la bienveillance, mon cœur ne saurait se tromper là-dessus.

Quelques jours après, Mme d'Ormoy me vint voir avec sa fille. Elle m'apprit que son livre faisait le plus grand bruit à cause d'une note qui le lui attirait ; j'avais à peine remarqué cette note en parcourant rapidement ce roman. Je la relus après le départ de Mme d'Ormoy, j'en examinai la tournure, j'y crus trouver le motif de ses visites, de ses cajoleries, des grosses louanges de sa préface, et je jugeai que tout cela n'avait d'autre but que de disposer le public à m'attribuer la note et par conséquent le blâme qu'elle pouvait attirer à son auteur dans la circonstance où elle était publiée.

Je n'avais aucun moyen de détruire ce bruit et l'impression qu'il pouvait faire, et tout ce qui dépendait de moi était de ne pas l'entretenir en souffrant la continuation des vaines et ostensives visites de Mme d'Ormoy et de sa fille. Voici pour cet effet le billet que j'écrivis à la mère :

« Rousseau ne recevant chez lui aucun auteur remercie madame d'Ormoy de ses bontés et la prie de ne plus l'honorer de ses visites. »

Elle me répondit par une lettre honnête dans la forme, mais tournée comme toutes celles que l'on m'écrit en pareil cas. J'avais barbarement porté le poignard dans son cœur sensible, et je devais croire au ton de sa lettre qu'ayant pour moi des sentiments si vifs et si vrais elle ne supporterait point sans mourir cette rupture. C'est ainsi que la droiture et la franchise en toute chose sont des crimes affreux dans le monde, et je paraîtrais à mes contemporains méchant et féroce, quand je n'aurais à leurs yeux d'autre crime que de n'être pas faux et perfide comme eux.

J'étais déjà sorti plusieurs fois et je me promenais même assez souvent aux Tuileries, quand je vis à l'étonnement de plusieurs de ceux qui me rencontraient qu'il y avait encore à mon égard quelque autre nouvelle

que j'ignorais. J'appris enfin que le bruit public était
que j'étais mort de ma chute, et ce bruit se répandit si
rapidement et si opiniâtrement que plus de quinze jours
après que j'en fus instruit le Roi même et la Reine en
parlèrent comme d'une chose sûre. Le *Courrier d'Avi-
gnon*, à ce qu'on eut soin de m'écrire, annonçant cette
heureuse nouvelle, ne manqua pas d'anticiper à cette
occasion sur le tribut d'outrages et d'indignités qu'on
prépare à ma mémoire après ma mort, en forme d'orai-
son funèbre.

Cette nouvelle fut accompagnée d'une circonstance
encore plus singulière que je n'appris que par hasard et
dont je n'ai pu savoir aucun détail. C'est qu'on avait
ouvert en même temps une souscription pour l'impression des manuscrits que l'on trouverait chez moi. Je
compris par là qu'on tenait prêt un recueil d'écrits
fabriqués tout exprès pour me les attribuer d'abord
après ma mort : car de penser qu'on imprimât fidèlement aucun de ceux qu'on pourrait trouver en effet,
c'était une bêtise qui ne pouvait entrer dans l'esprit
d'un homme sensé, et dont quinze ans d'expérience ne
m'ont que trop garanti.

Ces remarques faites coup sur coup et suivies de
beaucoup d'autres qui n'étaient guère moins éton-
nantes, effarouchèrent derechef mon imagination que je
croyais amortie, et ces noires ténèbres qu'on renforçait
sans relâche autour de moi ranimèrent toute l'horreur
qu'elles m'inspirent naturellement. Je me fatiguai à
faire sur tout cela mille commentaires et à tâcher de
comprendre des mystères qu'on a rendus inexplicables
pour moi. Le seul résultat constant de tant d'énigmes
fut la confirmation de toutes mes conclusions précédentes, savoir que la destinée de ma personne et celle
de ma réputation ayant été fixées de concert par toute la
génération présente, nul effort de ma part ne pouvait
m'y soustraire puisqu'il m'est de toute impossibilité de
transmettre aucun dépôt à d'autres âges sans le faire
passer dans celui-ci par des mains intéressées à le
supprimer.

Mais cette fois j'allai plus loin. L'amas de tant de circonstances fortuites, l'élévation de tous mes plus cruels ennemis, affectée pour ainsi dire par la fortune, tous ceux qui gouvernent l'Etat, tous ceux qui dirigent l'opinion publique, tous les gens en place, tous les hommes en crédit triés comme sur le volet parmi ceux qui ont contre moi quelque animosité secrète, pour concourir au commun complot, cet accord universel est trop extraordinaire pour être purement fortuit. Un seul homme qui eût refusé d'en être complice, un seul événement qui lui eût été contraire, une seule circonstance imprévue qui lui eût fait obstacle, suffisait pour le faire échouer. Mais toutes les volontés, toutes les fatalités, la fortune et toutes les révolutions ont affermi l'œuvre des hommes, et un concours si frappant qui tient du prodige ne peut me laisser douter que son plein succès ne soit écrit dans les décrets éternels. Des foules d'observations particulières, soit dans le passé, soit dans le présent, me confirment tellement dans cette opinion que je ne puis m'empêcher de regarder désormais comme un de ces secrets du ciel impénétrables à la raison humaine la même œuvre que je n'envisageais jusqu'ici que comme un fruit de la méchanceté des hommes.

Cette idée, loin de m'être cruelle et déchirante, me console, me tranquillise, et m'aide à me résigner. Je ne vais pas si loin que saint Augustin qui se fût consolé d'être damné si telle eût été la volonté de Dieu. Ma résignation vient d'une source moins désintéressée il est vrai, mais non moins pure et plus digne à mon gré de l'Etre parfait que j'adore. Dieu est juste ; il veut que je souffre ; et il sait que je suis innocent. Voilà le motif de ma confiance, mon cœur et ma raison me crient qu'elle ne me trompera pas. Laissons donc faire les hommes et la destinée ; apprenons à souffrir sans murmure ; tout doit à la fin rentrer dans l'ordre, et mon tour viendra tôt ou tard.

TROISIÈME PROMENADE

« Je deviens vieux en apprenant toujours. »

Solon répétait souvent ce vers dans sa vieillesse. Il a un sens dans lequel je pourrais le dire aussi dans la mienne ; mais c'est une bien triste science que celle que depuis vingt ans l'expérience m'a fait acquérir : l'ignorance est encore préférable. L'adversité sans doute est un grand maître, mais il fait payer cher ses leçons, et souvent le profit qu'on en retire ne vaut pas le prix qu'elles ont coûté. D'ailleurs, avant qu'on ait obtenu tout cet acquis par des leçons si tardives, l'à-propos d'en user se passe. La jeunesse est le temps d'étudier la sagesse ; la vieillesse est le temps de la pratiquer. L'expérience instruit toujours, je l'avoue ; mais elle ne profite que pour l'espace qu'on a devant soi. Est-il temps au moment qu'il faut mourir d'apprendre comment on aurait dû vivre ?

Eh que me servent des lumières si tard et si douloureusement acquises sur ma destinée et sur les passions d'autrui dont elle est l'œuvre ! Je n'ai appris à mieux connaître les hommes que pour mieux sentir la misère où ils m'ont plongé, sans que cette connaissance, en me découvrant tous leurs pièges, m'en ait pu faire éviter aucun. Que ne suis-je resté toujours dans cette imbécile mais douce confiance qui me rendit durant tant d'années la proie et le jouet de mes bruyants amis, sans qu'enveloppé de toutes leurs trames j'en eusse même le moindre soupçon! J'étais leur dupe et leur victime, il est vrai, mais je me croyais aimé d'eux, et mon cœur jouissait de l'amitié qu'ils m'avaient inspirée en leur en attribuant autant pour moi. Ces douces illusions sont détruites. La triste vérité que le temps et la raison m'ont dévoilée en me faisant sentir mon malheur, m'a fait voir qu'il était sans remède et qu'il ne me restait qu'à m'y résigner. Ainsi toutes les expériences de mon âge sont pour moi dans mon état sans utilité présente, et sans profit pour l'avenir.

Nous entrons en lice à notre naissance, nous en sortons à la mort. Que sert d'apprendre à mieux conduire son char quand on est au bout de la carrière? Il ne reste plus à penser alors que comment on en sortira. L'étude d'un vieillard, s'il lui en reste encore à faire, est uniquement d'apprendre à mourir, et c'est précisément celle qu'on fait le moins à mon âge, on y pense à tout, hormis à cela. Tous les vieillards tiennent plus à la vie que les enfants et en sortent de plus mauvaise grâce que les jeunes gens. C'est que tous leurs travaux ayant été pour cette même vie, ils voient à sa fin qu'ils ont perdu leurs peines. Tous leurs soins, tous leurs biens, tous les fruits de leurs laborieuses veilles, ils quittent tout quand ils s'en vont. Ils n'ont songé à rien acquérir durant leur vie qu'ils pussent emporter à leur mort.

Je me suis dit tout cela quand il était temps de me le dire, et si je n'ai pas mieux su tirer parti de mes réflexions, ce n'est pas faute de les avoir faites à temps et de les avoir bien digérées. Jeté dès mon enfance dans le tourbillon du monde, j'appris de bonne heure par l'expérience que je n'étais pas fait pour y vivre, et que je n'y parviendrais jamais à l'état dont mon cœur sentait le besoin. Cessant donc de chercher parmi les hommes le bonheur que je sentais n'y pouvoir trouver, mon ardente imagination sautait déjà par-dessus l'espace de ma vie à peine commencée, comme sur un terrain qui

m'était étranger, pour se reposer sur une assiette tranquille où je pusse me fixer.

Ce sentiment, nourri par l'éducation dès mon
enfance et renforcé durant toute ma vie par ce long tissu
de misères et d'infortunes qui l'a remplie, m'a fait
chercher dans tous les temps à connaître la nature et la
destination de mon être avec plus d'intérêt et de soin
que je n'en ai trouvé dans aucun autre homme. J'en ai
beaucoup vu qui philosophaient bien plus doctement
que moi, mais leur philosophie leur était pour ainsi dire
étrangère. Voulant être plus savants que d'autres, ils
étudiaient l'univers pour savoir comment il était
arrangé, comme ils auraient étudié quelque machine
qu'ils auraient aperçue, par pure curiosité. Ils étudiaient la nature humaine pour en pouvoir parler
savamment, mais non pas pour se connaître ; ils travail-
laient pour instruire les autres, mais non pas pour
s'éclairer en dedans. Plusieurs d'entre eux ne voulaient
que faire un livre, n'importait quel, pourvu qu'il fût
accueilli. Quand le leur était fait et publié, son contenu
ne les intéressait plus en aucune sorte, si ce n'est pour le
faire adopter aux autres et pour le défendre au cas qu'il
fût attaqué, mais du reste sans en rien tirer pour leur
propre usage, sans s'embarrasser même que ce contenu
fût faux ou vrai pourvu qu'il ne fût pas réfuté. Pour moi
quand j'ai désiré d'apprendre c'était pour savoir moi-
même et non pas pour enseigner ; j'ai toujours cru
qu'avant d'instruire les autres il fallait commencer par
savoir assez pour soi, et de toutes les études que j'ai
tâché de faire en ma vie au milieu des hommes il n'y en
a guère que je n'eusse faite également seul dans une île
déserte où j'aurais été confiné pour le reste de mes
jours. Ce qu'on doit faire dépend beaucoup de ce qu'on
doit croire, et dans tout ce qui ne tient pas aux premiers
besoins de la nature nos opinions sont la règle de nos
actions. Dans ce principe, qui fut toujours le mien, j'ai
cherché souvent et longtemps, pour diriger l'emploi de
ma vie, à connaître sa véritable fin, et je me suis bientôt
consolé de mon peu d'aptitude à me conduire habile-

ment dans ce monde, en sentant qu'il n'y fallait pas chercher cette fin.

Né dans une famille où régnaient les mœurs et la piété ; élevé ensuite avec douceur chez un ministre plein de sagesse et de religion, j'avais reçu dès ma plus tendre enfance des principes, des maximes, d'autres diraient des préjugés, qui ne m'ont jamais tout à fait abandonné. Enfant encore et livré à moi-même, alléché par des caresses, séduit par la vanité, leurré par l'espérance, forcé par la nécessité, je me fis catholique, mais je demeurai toujours chrétien, et bientôt gagné par l'habitude mon cœur s'attacha sincèrement à ma nouvelle religion. Les instructions, les exemples de Mme de Warens, m'affermirent dans cet attachement. La solitude champêtre où j'ai passé la fleur de ma jeunesse, l'étude des bons livres à laquelle je me livrai tout entier, renforcèrent auprès d'elle mes dispositions naturelles aux sentiments affectueux, et me rendirent dévot presque à la manière de Fénelon. La méditation dans la retraite, l'étude de la nature, la contemplation de l'univers, forcent un solitaire à s'élancer incessamment vers l'auteur des choses et à chercher avec une douce inquiétude la fin de tout ce qu'il voit et la cause de tout ce qu'il sent. Lorsque ma destinée me rejeta dans le torrent du monde je n'y retrouvai plus rien qui pût flatter un moment mon cœur. Le regret de mes doux loisirs me suivit partout et jeta l'indifférence et le dégoût sur tout ce qui pouvait se trouver à ma portée, propre à mener à la fortune et aux honneurs. Incertain dans mes inquiets désirs, j'espérai peu, j'obtins moins, et je sentis dans des lueurs même de prospérité que quand j'aurais obtenu tout ce que je croyais chercher je n'y aurais point trouvé ce bonheur dont mon cœur était avide sans en savoir démêler l'objet. Ainsi tout contribuait à détacher mes affections de ce monde, même avant les malheurs qui devaient m'y rendre tout à fait étranger. Je parvins jusqu'à l'âge de quarante ans, flottant entre l'indigence et la fortune, entre la sagesse et l'égarement, plein de vices d'habitude sans aucun mauvais penchant dans le cœur, vivant au hasard sans principes bien décidés par ma raison, et distrait sur mes devoirs sans les mépriser, mais souvent sans les bien connaître.

Dès ma jeunesse j'avais fixé cette époque de quarante ans comme le terme de mes efforts pour parvenir et celui de mes prétentions en tout genre. Bien résolu, dès cet âge atteint et dans quelque situation que je fusse, de ne plus me débattre pour en sortir et de passer le reste de mes jours à vivre au jour la journée sans plus m'occuper de l'avenir. Le moment venu, j'exécutai ce projet sans peine et quoique alors ma fortune semblât vouloir prendre une assiette plus fixe ; j'y renonçai non seulement sans regret mais avec un plaisir véritable. En me délivrant de tous ces leurres, de toutes ces vaines espérances, je me livrai pleinement à l'incurie et au repos d'esprit qui fit toujours mon goût le plus dominant et mon penchant le plus durable. Je quittai le monde et ses pompes, je renonçai à toute parure ; plus d'épée, plus de montre, plus de bas blancs, de dorure, de coiffure, une perruque toute simple, un bon gros habit de drap, et mieux que tout cela, je déracinai de mon cœur les cupidités et les convoitises qui donnent du prix à tout ce que je quittais. Je renonçai à la place que j'occupais alors, pour laquelle je n'étais nullement propre, et je me mis à copier de la musique à tant la page, occupation pour laquelle j'avais eu toujours un goût décidé.

Je ne bornai pas ma réforme aux choses extérieures. Je sentis que celle-là même en exigeait une autre plus pénible sans doute, mais plus nécessaire dans les opinions, et résolu de n'en pas faire à deux fois, j'entrepris de soumettre mon intérieur à un examen sévère qui le réglât pour le reste de ma vie tel que je voulais le trouver à ma mort.

Une grande révolution qui venait de se faire en moi, un autre monde moral qui se dévoilait à mes regards, les insensés jugements des hommes dont sans prévoir encore combien j'en serais la victime je commençais à sentir l'absurdité, le besoin toujours croissant d'un autre bien que la gloriole littéraire dont à peine la vapeur m'avait atteint que j'en étais déjà dégoûté, le désir enfin de tracer pour le reste de ma carrière une route moins incertaine que celle dans laquelle j'en venais de passer la plus belle moitié, tout m'obligeait à cette grande revue dont je sentais depuis longtemps le besoin. Je l'entrepris donc et je ne négligeai rien de ce qui dépendait de moi pour bien exécuter cette entreprise.

C'est de cette époque que je puis dater mon entier renoncement au monde et ce goût vif pour la solitude qui ne m'a plus quitté depuis ce temps-là. L'ouvrage que j'entreprenais ne pouvait s'exécuter que dans une retraite absolue; il demandait de longues et paisibles méditations que le tumulte de la société ne souffre pas. Cela me força de prendre pour un temps une autre manière de vivre dont ensuite je me trouvai si bien, que ne l'ayant interrompue depuis lors que par force et pour peu d'instants, je l'ai reprise de tout mon cœur et m'y suis borné sans peine aussitôt que je l'ai pu; et quand ensuite les hommes m'ont réduit à vivre seul, j'ai trouvé qu'en me séquestrant pour me rendre misérable, ils avaient plus fait pour mon bonheur que je n'avais su faire moi-même.

Je me livrai au travail que j'avais entrepris avec un zèle proportionné, et à l'importance de la chose, et au besoin que je sentais en avoir. Je vivais alors avec des philosophes modernes qui ne ressemblaient guère aux anciens. Au lieu de lever mes doutes et de fixer mes irrésolutions, ils avaient ébranlé toutes les certitudes que je croyais avoir sur les points qu'il m'importait le plus de connaître : car ardents missionnaires d'athéisme et très impérieux dogmatiques, ils n'enduraient point sans colère que sur quelque point que ce pût être on osât penser autrement qu'eux. Je m'étais défendu souvent assez faiblement par haine pour la dispute et par peu de talent pour la soutenir; mais jamais je n'adoptai leur désolante doctrine, et cette résistance à des hommes aussi intolérants, qui d'ailleurs avaient leurs vues, ne fut pas une des moindres causes qui attisèrent leur animosité.

Ils ne m'avaient pas persuadé mais ils m'avaient inquiété. Leurs arguments m'avaient ébranlé sans m'avoir jamais convaincu ; je n'y trouvais point de bonne réponse mais je sentais qu'il y en devait avoir. Je m'accusais moins d'erreur que d'ineptie, et mon cœur leur répondait mieux que ma raison.

Je me dis enfin : me laisserai-je éternellement ballotter par les sophismes des mieux disants, dont je ne suis pas même sûr que les opinions qu'ils prêchent et qu'ils ont tant d'ardeur à faire adopter aux autres soient bien les leurs à eux-mêmes ? Leurs passions, qui gouvernent leur doctrine, leurs intérêts de faire croire ceci ou cela, rendent impossible à pénétrer ce qu'ils croient eux-mêmes. Peut-on chercher de la bonne foi dans des chefs de parti ? Leur philosophie est pour les autres ; il m'en faudrait une pour moi. Cherchons-la de toutes mes forces tandis qu'il est temps encore afin d'avoir une règle fixe de conduite pour le reste de mes jours. Me voilà dans la maturité de l'âge, dans toute la force de l'entendement. Déjà je touche au déclin. Si j'attends encore, je n'aurai plus dans ma délibération tardive l'usage de toutes mes forces ; mes facultés intellectuelles auront déjà perdu de leur activité, je ferai moins bien ce que je puis faire aujourd'hui de mon mieux possible : saisissons ce moment favorable ; il est l'époque de ma réforme externe et matérielle, qu'il soit aussi celle de ma réforme intellectuelle et morale. Fixons une bonne fois mes opinions, mes principes, et soyons pour le reste de ma vie ce que j'aurai trouvé devoir être après y avoir bien pensé.

J'exécutai ce projet lentement et à diverses reprises, mais avec tout l'effort et toute l'attention dont j'étais capable. Je sentais vivement que le repos du reste de mes jours et mon sort total en dépendaient. Je m'y trouvai d'abord dans un tel labyrinthe d'embarras, de difficultés, d'objections, de tortuosités, de ténèbres, que vingt fois tenté de tout abandonner, je fus près, renonçant à de vaines recherches, de m'en tenir dans mes délibérations aux règles de la prudence commune sans plus en chercher dans des principes que j'avais tant de peine à débrouiller. Mais cette prudence même m'était tellement étrangère, je me sentais si peu propre à l'acquérir, que la prendre pour mon guide n'était autre chose que vouloir, à travers les mers, les orages, chercher sans gouvernail, sans boussole, un fanal presque inaccessible et qui ne m'indiquait aucun port.

Je persistai : pour la première fois de ma vie j'eus du courage, et je dois à son succès d'avoir pu soutenir l'horrible destinée qui dès lors commençait à m'envelopper sans que j'en eusse le moindre soupçon. Après les recherches les plus ardentes et les plus sincères qui jamais peut-être aient été faites par aucun mortel, je me décidai pour toute ma vie sur tous les sentiments qu'il m'importait d'avoir, et si j'ai pu me tromper dans mes résultats, je suis sûr au moins que mon erreur ne peut m'être imputée à crime, car j'ai fait tous mes efforts pour m'en garantir. Je ne doute point, il est vrai, que les préjugés de l'enfance et les vœux secrets de mon cœur n'aient fait pencher la balance du côté le plus consolant pour moi. On se défend difficilement de croire ce qu'on désire avec tant d'ardeur, et qui peut douter que l'intérêt d'admettre ou rejeter les jugements de l'autre vie ne détermine la foi de la plupart des hommes sur leur espérance ou leur crainte. Tout cela pouvait fasciner mon jugement, j'en conviens, mais non pas altérer ma bonne foi : car je craignais de me tromper sur toute chose. Si tout consistait dans l'usage de cette vie, il m'importait de le savoir, pour en tirer du moins le meilleur parti qu'il dépendrait de moi tandis qu'il était encore temps, et n'être pas tout à fait dupe. Mais ce que j'avais le plus à redouter au monde dans la disposition où je me sentais, était d'exposer le sort éternel de mon âme pour la jouissance des biens de ce monde, qui ne m'ont jamais paru d'un grand prix.

J'avoue encore que je ne levai pas toujours à ma satisfaction toutes ces difficultés qui m'avaient embarrassé, et dont nos philosophes avaient si souvent rebattu mes oreilles. Mais, résolu de me décider enfin sur des matières où l'intelligence humaine a si peu de prise et trouvant de toutes parts des mystères impénétrables et des objections insolubles, j'adoptai dans chaque question le sentiment qui me parut le mieux établi directement, le plus croyable en lui-même, sans m'arrêter aux objections que je ne pouvais résoudre mais qui se rétorquaient par d'autres objections non moins fortes dans le système opposé. Le ton dogmatique sur ces matières ne convient qu'à des charlatans; mais il importe d'avoir un sentiment pour soi, et de le choisir avec toute la maturité de jugement qu'on y peut mettre. Si malgré cela nous tombons dans l'erreur, nous n'en saurions porter la peine en bonne justice puisque nous n'en aurons point la coulpe. Voilà le principe inébranlable qui sert de base à ma sécurité.

Le résultat de mes pénibles recherches fut tel à peu près que je l'ai consigné depuis dans la profession de foi du *Vicaire savoyard*, ouvrage indignement prostitué et profané dans la génération présente, mais qui peut faire un jour révolution parmi les hommes si jamais il y renaît du bon sens et de la bonne foi.

Depuis lors, resté tranquille dans les principes que j'avais adoptés après une méditation si longue et si réfléchie, j'en ai fait la règle immuable de ma conduite et de ma foi, sans plus m'inquiéter ni des objections que je n'avais pu résoudre ni de celles que je n'avais pu prévoir et qui se présentaient nouvellement de temps à autre à mon esprit. Elles m'ont inquiété quelquefois mais elles ne m'ont jamais ébranlé. Je me suis toujours dit : tout cela ne sont que des arguties et des subtilités métaphysiques qui ne sont d'aucun poids auprès des principes fondamentaux adoptés par ma raison, confirmés par mon cœur, et qui tous portent le sceau de l'assentiment intérieur dans le silence des passions. Dans des matières si supérieures à l'entendement humain, une objection que je ne puis résoudre renversera-t-elle tout un corps de doctrine si solide, si bien liée et formée avec tant de méditation et de soin, si bien appropriée à ma raison, à mon cœur, à tout mon être, et renforcée de l'assentiment intérieur que je sens manquer à toutes les autres? Non, de vaines argumentations ne détruiront jamais la convenance que j'aperçois entre ma nature immortelle et la constitution de ce monde et l'ordre physique que j'y vois régner. J'y trouve dans l'ordre moral correspondant et dont le système est le résultat de mes recherches les appuis dont j'ai besoin pour supporter les misères de ma vie. Dans tout autre système je vivrais sans ressource et je mourrais sans espoir. Je serais la plus malheureuse des créatures. Tenons-nous-en donc à celui qui seul suffit pour me rendre heureux en dépit de la fortune et des hommes.

Cette délibération et la conclusion que j'en tirai ne semblent-elles pas avoir été dictées par le ciel même pour me préparer à la destinée qui m'attendait et me mettre en état de la soutenir? Que serais-je devenu, que deviendrais-je encore, dans les angoisses affreuses qui m'attendaient et dans l'incroyable situation où je suis réduit pour le reste de ma vie si, resté sans asile où je pusse échapper à mes implacables persécuteurs, sans dédommagement des opprobres qu'ils me font essuyer en ce monde et sans espoir d'obtenir jamais la justice qui m'était due, je m'étais vu livré tout entier au plus horrible sort qu'ait éprouvé sur la terre aucun mortel? Tandis que, tranquille dans mon innocence, je n'imaginais qu'estime et bienveillance pour moi parmi les hommes; tandis que mon cœur ouvert et confiant s'épanchait avec des amis et des frères, les traîtres m'enlaçaient en silence de rets forgés au fond des enfers. Surpris par les plus imprévus de tous les malheurs et les plus terribles pour une âme fière, traîné dans la fange sans jamais savoir par qui ni pourquoi, plongé dans un abîme d'ignominie, enveloppé d'horribles ténèbres à travers lesquelles je n'apercevais que de sinistres objets, à la première surprise je fus terrassé, et jamais je ne serais revenu de l'abattement où me jeta ce genre imprévu de malheurs si je ne m'étais ménagé d'avance des forces pour me relever dans mes chutes.

Ce ne fut qu'après des années d'agitations que reprenant enfin mes esprits et commençant de rentrer en moi-même, je sentis le prix des ressources que je m'étais ménagées pour l'adversité. Décidé sur toutes les choses dont il m'importait de juger, je vis, en comparant mes maximes à ma situation, que je donnais aux insensés jugements des hommes et aux petits événements de cette courte vie beaucoup plus d'importance qu'ils n'en avaient. Que cette vie n'étant qu'un état d'épreuves, il importait peu que ces épreuves fussent de telle ou telle sorte pourvu qu'il en résultât l'effet auquel elles étaient destinées, et que par conséquent plus les épreuves étaient grandes, fortes, multipliées, plus il était avantageux de les savoir soutenir. Toutes les plus vives peines perdent leur force pour quiconque en voit le dédommagement grand et sûr; et la certitude de ce dédommagement était le principal fruit que j'avais retiré de mes méditations précédentes.

Il est vrai qu'au milieu des outrages sans nombre et des indignités sans mesure dont je me sentais accablé de toutes parts, des intervalles d'inquiétude et de doutes venaient de temps à autre ébranler mon espérance et troubler ma tranquillité. Les puissantes objections que je n'avais pu résoudre se présentaient alors à mon esprit avec plus de force pour achever de m'abattre précisément dans les moments où, surchargé du poids de ma destinée, j'étais prêt à tomber dans le découragement. Souvent des arguments nouveaux que j'entendais faire me revenaient dans l'esprit à l'appui de ceux qui m'avaient déjà tourmenté. Ah! me disais-je, alors dans des serrements de cœur prêts à m'étouffer, qui me garantira du désespoir si dans l'horreur de mon sort je ne vois plus que des chimères dans les consolations que me fournissait ma raison? Si détruisant ainsi son propre ouvrage, elle renverse tout l'appui d'espérance et de confiance qu'elle m'avait ménagé dans l'adversité? Quel appui que des illusions qui ne bercent que moi seul au monde? Toute la génération présente ne voit qu'erreurs et préjugés dans les sentimeǹts dont je me nourris seul; elle trouve la vérité, l'évidence, dans le système contraire au mien; elle semble même ne pouvoir croire que je l'adopte de bonne foi, et moi-même en m'y livrant de toute ma volonté j'y trouve des difficultés insurmontables qu'il m'est impossible de résoudre et qui ne m'empêchent pas d'y persister. Suis-je donc seul sage, seul éclairé parmi les mortels? pour croire que les choses sont ainsi suffit-il qu'elles me conviennent? puis-je prendre une confiance éclairée en des apparences qui n'ont rien de solide aux yeux du reste des hommes et qui me sembleraient même illusoires à moi-même si mon cœur ne soutenait pas ma raison? N'eût-il pas mieux valu combattre mes persécuteurs à armes égales en adoptant leurs maximes que de rester sur les chimères des miennes en proie à leurs atteintes sans agir pour les repousser? Je me crois sage, et je ne suis que dupe, victime et martyr d'une vaine erreur.

Combien de fois dans ces moments de doute et d'incertitude je fus prêt à m'abandonner au désespoir. Si jamais j'avais passé dans cet état un mois entier, c'était fait de ma vie et de moi. Mais ces crises, quoique autrefois assez fréquentes, ont toujours été courtes, et maintenant que je n'en suis pas délivré tout à fait encore elles sont si rares et si rapides qu'elles n'ont pas même la force de troubler mon repos. Ce sont de légères inquiétudes qui n'affectent pas plus mon âme qu'une plume qui tombe dans la rivière ne peut altérer le cours de l'eau. J'ai senti que remettre en délibération les mêmes points sur lesquels je m'étais ci-devant décidé, était me supposer de nouvelles lumières ou le jugement plus formé ou plus de zèle pour la vérité que je n'avais lors de mes recherches; qu'aucun de ces cas n'étant ni ne pouvant être le mien, je ne pouvais préférer par aucune raison solide des opinions qui, dans l'accablement du désespoir, ne me tentaient que pour augmenter ma misère, à des sentiments adoptés dans la vigueur de l'âge, dans toute la maturité de l'esprit, après l'examen le plus réfléchi, et dans des temps où le calme de ma vie ne me laissait d'autre intérêt dominant que celui de connaître la vérité. Aujourd'hui que mon cœur serré de détresse, mon âme affaissée par les ennuis, mon imagination effarouchée, ma tête troublée par tant d'affreux mystères dont je suis environné, aujourd'hui que toutes mes facultés, affaiblies par la vieillesse et les angoisses, ont perdu tout leur ressort, irai-je m'ôter à plaisir toutes les ressources que je m'étais ménagées, et donner plus de confiance à ma raison déclinante pour me rendre injustement malheureux, qu'à ma raison pleine et vigoureuse pour me dédommager des maux que je souffre sans les avoir mérités? Non, je ne suis ni plus sage, ni mieux instruit, ni de meilleure foi que quand je me décidai sur ces grandes questions; je n'ignorais pas alors les difficultés dont je me laisse troubler aujourd'hui; elles ne m'arrêtèrent pas, et s'il s'en présente quelques nouvelles dont on ne s'était pas encore avisé, ce sont les sophismes d'une subtile métaphysique, qui ne sauraient balancer les vérités éternelles admises de tous les temps, par tous les sages, reconnues par toutes les nations et gravées dans le cœur humain en caractères ineffaçables. Je savais en méditant sur ces matières que l'entendement humain, circonscrit par les sens, ne les pouvait embrasser dans toute leur étendue. Je m'en tins donc à ce qui était à ma portée sans m'engager dans ce qui la passait. Ce parti était raisonnable, je l'embrassai jadis, et m'y tins avec l'assentiment de mon cœur et de ma raison. Sur quel fondement y renoncerais-je aujourd'hui que tant de puissants motifs m'y doivent tenir attaché? quel danger vois-je à le suivre? quel profit trouverais-je à l'abandonner? En prenant la doctrine de mes persécuteurs, prendrais-je aussi leur morale? Cette morale sans racine et sans fruit qu'ils étalent pompeusement dans des livres ou dans quelque action d'éclat sur le théâtre, sans qu'il en pénètre jamais rien dans le cœur ni dans la raison; ou bien cette autre morale secrète et cruelle, doctrine intérieure de tous leurs initiés, à laquelle l'autre ne sert que de masque, qu'ils suivent seule dans leur conduite et qu'ils ont si habilement pratiquée à mon égard. Cette morale, purement offensive, ne sert point à la défense, et n'est bonne qu'à l'agression. De quoi me servirait-elle dans l'état où ils m'ont réduit ? Ma seule innocence me soutient dans les malheurs ; et combien me rendrais-je plus malheureux encore, si m'ôtant cette unique mais puissante ressource j'y substituais la méchanceté ? Les atteindrais-je dans l'art de nuire, et quand j'y réussirais, de quel mal me soulagerait celui que je leur pourrais faire ? Je perdrais ma propre estime et je ne gagnerais rien à la place.

C'est ainsi que raisonnant avec moi-même, je parvins à ne plus me laisser ébranler dans mes principes par des arguments captieux, par des objections insolubles et par des difficultés qui passaient ma portée et peut-être celle de l'esprit humain. Le mien, restant dans la plus solide assiette que j'avais pu lui donner, s'accoutuma si bien à s'y reposer à l'abri de ma conscience, qu'aucune doctrine étrangère ancienne ou nouvelle ne peut plus l'émouvoir ni troubler un instant mon repos. Tombé dans la langueur et l'appesantissement d'esprit, j'ai oublié jusqu'aux raisonnements sur lesquels je fondais ma croyance et mes maximes, mais je n'oublierai jamais les conclusions que j'en ai tirées avec l'approbation de ma conscience et de ma raison, et je m'y tiens désormais. Que tous les philosophes viennent ergoter contre : ils perdront leur temps et leurs peines. Je me tiens pour le reste de ma vie, en toute chose, au parti que j'ai pris quand j'étais plus en état de bien choisir.

Tranquille dans ces dispositions, j'y trouve, avec le contentement de moi, l'espérance et les consolations dont j'ai besoin dans ma situation. Il n'est pas possible qu'une solitude aussi complète, aussi permanente, aussi triste en elle-même, l'animosité toujours sensible et toujours active de toute la génération présente, les indignités dont elle m'accable sans cesse, ne me jettent quelquefois dans l'abattement ; l'espérance ébranlée, les doutes décourageants reviennent encore de temps à autre troubler mon âme et la remplir de tristesse. C'est alors qu'incapable des opérations de l'esprit nécessaires pour me rassurer moi-même, j'ai besoin de me rappeler mes anciennes résolutions; les soins, l'attention, la sincérité de cœur que j'ai mise à les prendre, reviennent alors à mon souvenir et me rendent toute ma confiance. Je me refuse ainsi à toutes nouvelles idées comme à des erreurs funestes qui n'ont qu'une fausse apparence et ne sont bonnes qu'à troubler mon repos.

Ainsi retenu dans l'étroite sphère de mes anciennes connaissances je n'ai pas, comme Solon, le bonheur de pouvoir m'instruire chaque jour en vieillissant, et je dois même me garantir du dangereux orgueil de vouloir apprendre ce que je suis désormais hors d'état de bien savoir. Mais s'il me reste peu d'acquisitions à espérer du côté des lumières utiles, il m'en reste de bien importantes à faire du côté des vertus nécessaires à mon état. C'est là qu'il serait temps d'enrichir et d'orner mon âme d'un acquis qu'elle pût emporter avec elle, lorsque délivrée de ce corps qui l'offusque et l'aveugle, et voyant la vérité sans voile, elle apercevra la misère de toutes ces connaissances dont nos faux savants sont si vains. Elle gémira des moments perdus en cette vie à les vouloir acquérir. Mais la patience, la douceur, la résignation, l'intégrité, la justice impartiale sont un bien qu'on emporte avec soi, et dont on peut s'enrichir sans cesse, sans craindre que la mort même nous en fasse perdre le prix. C'est à cette unique et utile étude que je consacre le reste de ma vieillesse. Heureux si par mes progrès sur moi-même, j'apprends à sortir de la vie, non meilleur, car cela n'est pas possible, mais plus vertueux que je n'y suis entré.

QUATRIÈME PROMENADE

Dans le petit nombre de livres que je lis quelquefois encore, Plutarque est celui qui m'attache et me profite le plus. Ce fut la première lecture de mon enfance, ce sera la dernière de ma vieillesse ; c'est presque le seul auteur que je n'ai jamais lu sans en tirer quelque fruit. Avant-hier, je lisais dans ses œuvres morales le traité *Comment on pourra tirer utilité de ses ennemis*. Le même jour, en rangeant quelques brochures qui m'ont été envoyées par les auteurs, je tombai sur un des journaux de l'abbé Rosier, au titre duquel il avait mis ces paroles : *Vitam vero impendenti*, Rosier. Trop au fait des tournures de ces messieurs pour prendre le change sur celle-là, je compris qu'il avait cru sous cet air de politesse me dire une cruelle contrevérité : mais sur quoi fondé ? pourquoi ce sarcasme ? quel sujet y pouvais-je avoir donné ? Pour mettre à profit les leçons du bon Plutarque je résolus d'employer à m'examiner sur le mensonge la promenade du lendemain, et j'y vins bien confirmé dans l'opinion déjà prise que le *Connais-toi toi-même* du Temple de Delphes n'était pas une maxime si facile à suivre que je l'avais cru dans mes *Confessions*.

Le lendemain, m'étant mis en marche pour exécuter cette résolution, la première idée qui me vint en commençant à me recueillir fut celle d'un mensonge affreux fait dans ma première jeunesse, dont le souvenir m'a troublé toute ma vie et vient, jusque dans ma vieillesse, contrister encore mon cœur déjà navré de tant d'autres façons. Ce mensonge, qui fut un grand crime en lui-même, en dut être un plus grand encore par ses effets que j'ai toujours ignorés, mais que le remords m'a fait supposer aussi cruels qu'il était possible. Cependant, à ne consulter que la disposition où j'étais en le faisant, ce mensonge ne fut qu'un fruit de la mauvaise honte, et bien loin qu'il partît d'une intention de nuire à celle qui en fut la victime, je puis jurer à la face du ciel qu'à l'instant même où cette honte invincible me l'arrachait j'aurais donné tout mon sang avec joie pour en détourner l'effet sur moi seul. C'est un délire que je ne puis expliquer qu'en disant, comme je crois le sentir, qu'en cet instant mon naturel timide subjugua tous les vœux de mon cœur. Le souvenir de ce malheureux acte et les inextinguibles regrets qu'il m'a laissés m'ont inspiré pour le mensonge une horreur qui a dû garantir mon cœur de ce vice pour le reste de ma vie. Lorsque je pris ma devise, je me sentais fait pour la mériter, et je ne doutais pas que je n'en fusse digne quand sur le mot de l'abbé Rosier je commençai de m'examiner plus sérieusement.

Alors en m'épluchant avec plus de soin, je fus bien surpris du nombre de choses de mon invention que je me rappelais avoir dites comme vraies dans le même temps où, fier en moi-même de mon amour pour la vérité, je lui sacrifiais ma sûreté, mes intérêts, ma personne, avec une impartialité dont je ne connais nul autre exemple parmi les humains.

Ce qui me surprit le plus était qu'en me rappelant ces choses controuvées, je n'en sentais aucun vrai repentir. Moi dont l'horreur pour la fausseté n'a rien dans mon cœur qui la balance, moi qui braverais les supplices s'il les fallait éviter par un mensonge, par quelle bizarre inconséquence mentais-je ainsi de gaieté de cœur sans nécessité, sans profit, et par quelle inconcevable contradiction n'en sentais-je pas le moindre regret, moi que le remords d'un mensonge n'a cessé d'affliger pendant cinquante ans ? Je ne me suis jamais endurci sur mes fautes ; l'instinct moral m'a toujours bien conduit, ma conscience a gardé sa première intégrité, et quand même elle se serait altérée en se pliant à mes intérêts, comment, gardant toute sa droiture dans les occasions où l'homme forcé par ses passions peut au moins s'excuser sur sa faiblesse, la perd-elle uniquement dans les choses indifférentes où le vice n'a point d'excuse ? Je vis que de la solution de ce problème dépendait la justesse du jugement que j'avais à porter en ce point sur moi-même, et après l'avoir bien examiné voici de quelle manière je parvins à me l'expliquer.

Je me souviens d'avoir lu dans un livre de philosophie que mentir c'est cacher une vérité que l'on doit manifester. Il suit bien de cette définition que taire une vérité qu'on n'est pas obligé de dire n'est pas mentir ; mais celui qui non content en pareil cas de ne pas dire la vérité dit le contraire, ment-il alors, ou ne ment-il pas ? Selon la définition, l'on ne saurait dire qu'il ment. Car s'il donne de la fausse monnaie à un homme auquel il ne doit rien, il trompe cet homme, sans doute, mais il ne le vole pas.

Il se présente ici deux questions à examiner, très importantes l'une et l'autre. La première, quand et comment on doit à autrui la vérité, puisqu'on ne la doit pas toujours. La seconde, s'il est des cas où l'on puisse tromper innocemment. Cette seconde question est très décidée, je le sais bien ; négativement dans les livres, où la plus austère morale ne coûte rien à l'auteur, affirmativement dans la société où la morale des livres passe pour un bavardage impossible à pratiquer. Laissons donc ces autorités qui se contredisent, et cherchons par mes propres principes à résoudre pour moi ces questions.

La vérité générale et abstraite est le plus précieux de tous les biens. Sans elle l'homme est aveugle ; elle est l'œil de la raison. C'est par elle que l'homme apprend à se conduire, à être ce qu'il doit être, à faire ce qu'il doit faire, à tendre à sa véritable fin. La vérité particulière et individuelle n'est pas toujours un bien, elle est quelquefois un mal, très souvent une chose indifférente. Les choses qu'il importe à un homme de savoir et dont la connaissance est nécessaire à son bonheur ne sont peut-être pas en grand nombre ; mais en quelque nombre qu'elles soient elles sont un bien qui lui appartient, qu'il a droit de réclamer partout où il le trouve, et dont on ne peut le frustrer sans commettre le plus inique de tous les vols, puisqu'elle est de ces biens communs à tous dont la communication n'en prive point celui qui le donne.

Quant aux vérités qui n'ont aucune sorte d'utilité ni pour l'instruction ni dans la pratique, comment seraient-elles un bien dû, puisqu'elles ne sont pas même un bien ? et puisque la propriété n'est fondée que sur l'utilité, où il n'y a point d'utilité possible il ne peut y avoir de propriété. On peut réclamer un terrain quoique stérile parce qu'on peut au moins habiter sur le sol : mais qu'un fait oiseux, indifférent à tous égards et sans conséquence pour personne soit vrai ou faux, cela n'intéresse qui que ce soit. Dans l'ordre moral rien n'est inutile non plus que dans l'ordre physique. Rien ne peut être dû de ce qui n'est bon à rien ; pour qu'une chose soit due, il faut qu'elle soit ou puisse être utile. Ainsi, la vérité due est celle qui intéresse la justice et c'est profaner ce nom sacré de vérité que de l'appliquer aux choses vaines dont l'existence est indifférente à tous, et dont la connaissance est inutile à tout. La vérité dépouillée de toute espèce d'utilité même possible, ne peut donc pas être une chose due, et par conséquent celui qui la tait ou la déguise ne ment point.

Mais est-il de ces vérités si parfaitement stériles qu'elles soient de tout point inutiles à tout, c'est un autre article à discuter et auquel je reviendrai tout à l'heure. Quant à présent passons à la seconde question.

Ne pas dire ce qui est vrai et dire ce qui est faux sont deux choses très différentes, mais dont peut néanmoins résulter le même effet ; car ce résultat est assurément bien le même toutes les fois que cet effet est nul. Partout où la vérité est indifférente l'erreur contraire est indifférente aussi ; d'où il suit qu'en pareil cas celui qui trompe en disant le contraire de la vérité n'est pas plus injuste que celui qui trompe en ne la déclarant pas ; car en fait de vérités inutiles, l'erreur n'a rien de pire que l'ignorance. Que je croie le sable qui est au fond de la mer blanc ou rouge, cela ne m'importe pas plus que d'ignorer de quelle couleur il est. Comment pourrait-on être injuste en ne nuisant à personne, puisque l'injustice ne consiste que dans le tort fait à autrui ?

Mais ces questions ainsi sommairement décidées ne sauraient me fournir encore aucune application sûre pour la pratique, sans beaucoup d'éclaircissements préalables nécessaires pour faire avec justesse cette application dans tous les cas qui peuvent se présenter. Car si l'obligation de dire la vérité n'est fondée que sur son utilité, comment me constituerai-je juge de cette utilité ? Très souvent l'avantage de l'un fait le préjudice de l'autre, l'intérêt particulier est presque toujours en opposition avec l'intérêt public. Comment se conduire en pareil cas ? Faut-il sacrifier l'utilité de l'absent à celle de la personne à qui l'on parle ? Faut-il taire ou dire la vérité qui, profitant à l'un, nuit à l'autre ? Faut-il peser tout ce qu'on doit dire à l'unique balance du bien public ou à celle de la justice distributive, et suis-je assuré de connaître assez tous les rapports de la chose pour ne dispenser les lumières dont je dispose que sur les règles de l'équité ? De plus, en examinant ce qu'on doit aux autres, ai-je examiné suffisamment ce qu'on se doit à soi-même, ce qu'on doit à la vérité pour elle seule ? Si je ne fais aucun tort à un autre en le trompant, s'ensuit-il que je ne m'en fasse point à moi-même, et suffit-il de n'être jamais injuste pour être toujours innocent ?

Que d'embarrassantes discussions dont il serait aisé de se tirer en se disant, soyons toujours vrai au risque de tout ce qui en peut arriver. La justice elle-même est dans la vérité des choses ; le mensonge est toujours iniquité, l'erreur est toujours imposture, quand on donne ce qui n'est pas pour la règle de ce qu'on doit faire ou croire : et quelque effet qui résulte de la vérité on est toujours inculpable quand on l'a dite, parce qu'on n'y a rien mis du sien.

Mais c'est là trancher la question sans la résoudre. Il ne s'agissait pas de prononcer s'il serait bon de dire toujours la vérité, mais si l'on y était toujours également obligé, et sur la définition que j'examinais, supposant que non, de distinguer les cas où la vérité est rigoureusement due, de ceux où l'on peut la taire sans injustice et la déguiser sans mensonge : car j'ai trouvé que de tels cas existaient réellement. Ce dont il s'agit est donc de chercher une règle pour les connaître et les bien déterminer.

Mais d'où tirer cette règle et la preuve de son infaillibilité ?... Dans toutes les questions de morale difficiles comme celle-ci, je me suis toujours bien trouvé de les résoudre par le dictamen de ma conscience, plutôt que par les lumières de ma raison. Jamais l'instinct moral ne m'a trompé : il a gardé jusqu'ici sa pureté dans mon cœur assez pour que je puisse m'y confier, et s'il se tait quelquefois devant mes passions dans ma conduite, il reprend bien son empire sur elles dans mes souvenirs. C'est là que je me juge moi-même avec autant de sévérité peut-être que je serai jugé par le souverain juge après cette vie.

Juger des discours des hommes par les effets qu'ils produisent c'est souvent mal les apprécier. Outre que ces effets ne sont pas toujours sensibles et faciles à connaître, ils varient à l'infini comme les circonstances dans lesquelles ces discours sont tenus. Mais c'est uniquement l'intention de celui qui les tient qui les apprécie et détermine leur degré de malice ou de bonté. Dire faux n'est mentir que par l'intention de tromper, et l'intention même de tromper loin d'être toujours jointe avec celle de nuire a quelquefois un but tout contraire. Mais pour rendre un mensonge innocent il ne suffit pas que l'intention de nuire ne soit pas expresse, il faut de plus la certitude que l'erreur dans laquelle on jette ceux à qui l'on parle ne peut nuire à eux ni à personne en quelque façon que ce soit. Il est rare et difficile qu'on puisse avoir cette certitude; aussi est-il difficile et rare qu'un mensonge soit parfaitement innocent. Mentir pour son avantage à soi-même est imposture, mentir pour l'avantage d'autrui est fraude, mentir pour nuire est calomnie; c'est la pire espèce de mensonge. Mentir sans profit ni préjudice de soi ni d'autrui n'est pas mentir : ce n'est pas mensonge, c'est fiction.

Les fictions qui ont un objet moral s'appellent apologues ou fables, et comme leur objet n'est ou ne doit être que d'envelopper des vérités utiles sous des formes sensibles et agréables, en pareil cas on ne s'attache guère à cacher le mensonge de fait qui n'est que l'habit de la vérité, et celui qui ne débite une fable que pour une fable ne ment en aucune façon.

Il est d'autres fictions purement oiseuses, telles que sont la plupart des contes et des romans qui, sans renfermer aucune instruction véritable, n'ont pour objet que l'amusement. Celles-là, dépouillées de toute utilité morale, ne peuvent s'apprécier que par l'intention de celui qui les invente, et lorsqu'il les débite avec affirmation comme des vérités réelles on ne peut guère disconvenir qu'elles ne soient de vrais mensonges. Cependant qui jamais s'est fait un grand scrupule de ces mensonges-là, et qui jamais en a fait un reproche grave à ceux qui les font ? S'il y a par exemple quelque objet moral dans *le Temple de Gnide*, cet objet est bien offusqué et gâté par les détails voluptueux et par les images lascives. Qu'a fait l'auteur pour couvrir cela d'un vernis de modestie ? Il a feint que son ouvrage était la traduction d'un manuscrit grec, et il a fait l'histoire de la découverte de ce manuscrit de la façon la plus propre à persuader ses lecteurs de la vérité de son récit. Si ce n'est pas là un mensonge bien positif, qu'on me dise donc ce que c'est que mentir ? Cependant qui est-ce qui s'est avisé de faire à l'auteur un crime de ce mensonge et de le traiter pour cela d'imposteur ?

On dira vainement que ce n'est là qu'une plaisante-
rie, que l'auteur tout en affirmant ne voulait persuader
personne, qu'il n'a persuadé personne en effet, et que le
public n'a pas douté un moment qu'il ne fût lui-même
l'auteur de l'ouvrage prétendu grec dont il se donnait
pour le traducteur. Je répondrai qu'une pareille plai-
santerie sans aucun objet n'eût été qu'un bien sot
enfantillage, qu'un menteur ne ment pas moins quand
il affirme quoiqu'il ne persuade pas, qu'il faut détacher
du public instruit des multitudes de lecteurs simples et
crédules à qui l'histoire du manuscrit, narrée par un
auteur grave avec un air de bonne foi, en a réellement
imposé, et qui ont bu sans crainte, dans une coupe de
forme antique, le poison dont ils se seraient au moins
défiés s'il leur eût été présenté dans un vase moderne.

Que ces distinctions se trouvent ou non dans les
livres, elles ne s'en font pas moins dans le cœur de
tout homme de bonne foi avec lui-même, qui ne veut
rien se permettre que sa conscience puisse lui reprocher. Car dire une chose fausse à son avantage n'est
pas moins mentir que si on la disait au préjudice
d'autrui, quoique le mensonge soit moins criminel.
Donner l'avantage à qui ne doit pas l'avoir c'est
troubler l'ordre et la justice ; attribuer faussement à
soi-même ou à autrui un acte d'où peut résulter
louange ou blâme, inculpation ou disculpation, c'est
faire une chose injuste ; or tout ce qui, contraire à la
vérité, blesse la justice en quelque façon que ce soit,
c'est mensonge. Voilà la limite exacte : mais tout ce
qui, contraire à la vérité, n'intéresse la justice en
aucune sorte, n'est que fiction, et j'avoue que quiconque se reproche une pure fiction comme un mensonge a la conscience plus délicate que moi.

Ce qu'on appelle mensonges officieux sont de vrais
mensonges, parce qu'en imposer à l'avantage soit
d'autrui, soit de soi-même, n'est pas moins injuste que
d'en imposer à son détriment. Quiconque loue ou
blâme contre la vérité ment, dès qu'il s'agit d'une
personne réelle. S'il s'agit d'un être imaginaire il en

peut dire tout ce qu'il veut sans mentir, à moins qu'il ne juge sur la moralité des faits qu'il invente et qu'il n'en juge faussement; car alors, s'il ne ment pas dans le fait, il ment contre la vérité morale, cent fois plus respectable que celle des faits.

J'ai vu de ces gens qu'on appelle vrais dans le monde. Toute leur véracité s'épuise dans les conversations oiseuses à citer fidèlement les lieux, les temps, les personnes, à ne se permettre aucune fiction, à ne broder aucune circonstance, à ne rien exagérer. En tout ce qui ne touche point à leur intérêt ils sont dans leurs narrations de la plus inviolable fidélité. Mais s'agit il de traiter quelque affaire qui les regarde, de narrer quelque fait qui leur touche de près; toutes les couleurs sont employées pour présenter les choses sous le jour qui leur est le plus avantageux, et si le mensonge leur est utile et qu'ils s'abstiennent de le dire eux-mêmes, ils le favorisent avec adresse et font en sorte qu'on l'adopte sans le leur pouvoir imputer. Ainsi le veut la prudence : adieu la véracité.

L'homme que j'appelle *vrai* fait tout le contraire. En choses parfaitement indifférentes la vérité qu'alors l'autre respecte si fort le touche fort peu, et il ne se fera guère de scrupule d'amuser une compagnie par des faits controuvés dont il ne résulte aucun jugement injuste ni pour ni contre qui que ce soit, vivant ou mort. Mais tout discours qui produit pour quelqu'un profit ou dommage, estime ou mépris, louange ou blâme contre la justice et la vérité, est un mensonge qui jamais n'approchera de son cœur, ni de sa bouche, ni de sa plume. Il est solidement *vrai*, même contre son intérêt quoiqu'il se pique assez peu de l'être dans les conversations oiseuses : il est *vrai* en ce qu'il ne cherche à tromper personne, qu'il est aussi fidèle à la vérité qui l'accuse qu'à celle qui l'honore, et qu'il n'en impose jamais pour son avantage ni pour nuire à son ennemi. La différence donc qu'il y a entre mon homme *vrai* et l'autre, est que celui du monde est très rigoureusement fidèle à toute vérité qui ne lui coûte rien, mais pas au-delà, et que le mien ne la sert jamais si fidèlement que quand il faut s'immoler pour elle.

Mais, dirait-on, comment accorder ce relâchement avec cet ardent amour pour la vérité dont je le glorifie ? Cet amour est donc faux puisqu'il souffre tant d'alliage ? Non, il est pur et vrai : mais il n'est qu'une émanation de l'amour de la justice et ne veut jamais être faux quoiqu'il soit souvent fabuleux. Justice et vérité sont dans son esprit deux mots synonymes qu'il prend l'un pour l'autre indifféremment. La sainte vérité que son cœur adore ne consiste point en faits indifférents et en noms inutiles, mais à rendre fidèlement à chacun ce qui lui est dû en choses qui sont véritablement siennes, en imputations bonnes ou mauvaises, en rétributions d'honneur ou de blâme, de louange et d'improbation. Il n'est faux ni contre autrui, parce que son équité l'en empêche et qu'il ne veut nuire à personne injustement, ni pour lui-même, parce que sa conscience l'en empêche et qu'il ne saurait s'approprier ce qui n'est pas à lui. C'est surtout de sa propre estime qu'il est jaloux ; c'est le bien dont il peut le moins se passer, et il sentirait une perte réelle d'acquérir celle des autres aux dépens de ce bien-là. Il mentira donc quelquefois en choses indifférentes sans scrupule et sans croire mentir, jamais pour le dommage ou le profit d'autrui ni de lui-même. En tout ce qui tient aux vérités historiques, en tout ce qui a trait à la conduite des hommes, à la justice, à la sociabilité, aux lumières utiles, il garantira de l'erreur et lui-même et les autres autant qu'il dépendra de lui. Tout mensonge hors de là selon lui n'en est pas un. Si *le Temple de Gnide* est un ouvrage utile, l'histoire du manuscrit grec n'est qu'une fiction très innocente ; elle est un mensonge très punissable si l'ouvrage est dangereux.

Telles furent mes règles de conscience sur le mensonge et sur la vérité. Mon cœur suivait machinalement ces règles avant que ma raison les eût adoptées, et l'instinct moral en fit seul l'application. Le criminel mensonge dont la pauvre Marion fut la victime m'a laissé d'ineffaçables remords qui m'ont garanti tout le reste de ma vie non seulement de tout mensonge de cette espèce, mais de tous ceux qui, de quelque façon que ce pût être, pouvaient toucher l'intérêt et la réputation d'autrui. En généralisant ainsi l'exclusion je me suis dispensé de peser exactement l'avantage et le préjudice, et de marquer les limites précises du mensonge nuisible et du mensonge officieux ; en regardant l'un et l'autre comme coupables, je me les suis interdits tous les deux.

En ceci comme en tout le reste, mon tempérament a beaucoup influé sur mes maximes, ou plutôt sur mes habitudes ; car je n'ai guère agi par règles ou n'ai guère suivi d'autres règles en toute chose que les impulsions de mon naturel. Jamais mensonge prémédité n'approcha de ma pensée, jamais je n'ai menti pour mon intérêt ; mais souvent j'ai menti par honte, pour me tirer d'embarras en choses indifférentes ou qui n'intéressaient tout au plus que moi seul, lorsqu'ayant à soutenir un entretien la lenteur de mes idées et l'aridité de ma conversation me forçaient de recourir aux fictions pour avoir quelque chose à dire. Quand il faut nécessairement parler et que des vérités amusantes ne se présentent pas assez tôt à mon esprit je débite des fables pour ne pas demeurer muet ; mais dans l'invention de ces fables j'ai soin, tant que je puis, qu'elles ne soient pas des mensonges, c'est-à-dire qu'elles ne blessent ni la justice ni la vérité due, et qu'elles ne soient que des fictions indifférentes à tout le monde et à moi. Mon désir serait bien d'y substituer au moins à la vérité des faits une vérité morale, c'est-à-dire d'y bien représenter les affections naturelles au cœur humain, et d'en faire sortir toujours quelque instruction utile, d'en faire en un mot des contes moraux, des apologues ; mais il faudrait plus de présence d'esprit que je n'en ai et plus de facilité dans la parole pour savoir mettre à profit pour l'instruction le babil de la conversation. Sa marche, plus rapide que celle de mes idées, me forçant presque toujours de parler avant de penser, m'a

souvent suggéré des sottises et des inepties que ma
raison désapprouvait et que mon cœur désavouait à
mesure qu'elles échappaient de ma bouche, mais qui
précédant mon propre jugement ne pouvaient plus être
réformées par sa censure.

C'est encore par cette première et irrésistible impulsion du tempérament que dans des moments imprévus
et rapides, la honte et la timidité m'arrachent souvent
des mensonges auxquels ma volonté n'a point de part,
mais qui la précèdent en quelque sorte par la nécessité
de répondre à l'instant. L'impression profonde du
souvenir de la pauvre Marion peut bien retenir toujours
ceux qui pourraient être nuisibles à d'autres, mais non
pas ceux qui peuvent servir à me tirer d'embarras
quand il s'agit de moi seul, ce qui n'est pas moins
contre ma conscience et mes principes que ceux qui
peuvent influer sur le sort d'autrui.

J'atteste le ciel que si je pouvais l'instant d'après
retirer le mensonge qui m'excuse et dire la vérité qui me
charge sans me faire un nouvel affront en me rétractant,
je le ferais de tout mon cœur; mais la honte de me
prendre ainsi moi-même en faute me retient encore, et
je me repens très sincèrement de ma faute, sans néanmoins l'oser réparer. Un exemple expliquera mieux ce
que je veux dire et montrera que je ne mens ni par
intérêt ni par amour-propre, encore moins par envie ou
par malignité, mais uniquement par embarras et mauvaise honte, sachant même très bien quelquefois que ce
mensonge est connu pour tel et ne peut me servir du
tout à rien.

Il y a quelque temps que M. Foulquier m'engagea
contre mon usage à aller avec ma femme dîner, en
manière de pique-nique, avec lui et son ami Benoit chez
la dame Vacassin, restauratrice, laquelle et ses deux
filles dînèrent aussi avec nous. Au milieu du dîner,
l'aînée, qui est mariée et qui était grosse, s'avisa de me
demander brusquement et en me fixant si j'avais eu des
enfants. Je répondis en rougissant jusqu'aux yeux que
je n'avais pas eu ce bonheur. Elle sourit malignement

en regardant la compagnie : tout cela n'était pas bien obscur, même pour moi.

Il est clair d'abord que cette réponse n'est point celle que j'aurais voulu faire, quand même j'aurais eu l'intention d'en imposer ; car dans la disposition où je voyais celle qui me faisait la question j'étais bien sûr que ma négative ne changeait rien à son opinion sur ce point. On s'attendait à cette négative, on la provoquait même pour jouir du plaisir de m'avoir fait mentir. Je n'étais pas assez bouché pour ne pas sentir cela. Deux minutes après, la réponse que j'aurais dû faire me vint d'elle-même. *Voilà une question peu discrète de la part d'une jeune femme à un homme qui a vieilli garçon.* En parlant ainsi, sans mentir, sans avoir à rougir d'aucun aveu, je mettais les rieurs de mon côté, et je lui faisais une petite leçon qui naturellement devait la rendre un peu moins impertinente à me questionner. Je ne fis rien de tout cela, je ne dis point ce qu'il fallait dire, je dis ce qu'il ne fallait pas et qui ne pouvait me servir de rien. Il est donc certain que ni mon jugement ni ma volonté ne dictèrent ma réponse et qu'elle fut l'effet machinal de mon embarras. Autrefois je n'avais point cet embarras et je faisais l'aveu de mes fautes avec plus de franchise que de honte, parce que je ne doutais pas qu'on ne vît ce qui les rachetait et que je sentais au-dedans de moi ; mais l'œil de la malignité me navre et me déconcerte ; en devenant plus malheureux je suis devenu plus timide et jamais je n'ai menti que par timidité.

Je n'ai jamais mieux senti mon aversion naturelle pour le mensonge qu'en écrivant mes *Confessions*, car c'est là que les tentations auraient été fréquentes et fortes, pour peu que mon penchant m'eût porté de ce côté. Mais loin d'avoir rien tu, rien dissimulé qui fût à ma charge, par un tour d'esprit que j'ai peine à m'expliquer et qui vient peut-être d'éloignement pour toute imitation, je me sentais plutôt porté à mentir dans le sens contraire en m'accusant avec trop de sévérité qu'en m'excusant avec trop d'indulgence, et ma conscience m'assure qu'un jour je serai jugé moins sévèrement que

je ne me suis jugé moi-même. Oui je le dis et le sens
avec une fière élévation d'âme, j'ai porté dans cet écrit
la bonne foi, la véracité, la franchise, aussi loin, plus
loin même, au moins je le crois, que ne fit jamais aucun
autre homme ; sentant que le bien surpassait le mal
j'avais mon intérêt à tout dire, et j'ai tout dit.

Je n'ai jamais dit moins, j'ai dit plus quelquefois, non
dans les faits, mais dans les circonstances, et cette
espèce de mensonge fut plutôt l'effet du délire de
l'imagination qu'un acte de la volonté. J'ai tort même
de l'appeler mensonge, car aucune de ces additions n'en
fut un. J'écrivais mes *Confessions* déjà vieux, et dégoûté
des vains plaisirs de la vie que j'avais tous effleurés et
dont mon cœur avait bien senti le vide. Je les écrivais de
mémoire ; cette mémoire me manquait souvent ou ne
me fournissait que des souvenirs imparfaits et j'en
remplissais les lacunes par des détails que j'imaginais en
supplément de ces souvenirs, mais qui ne leur étaient
jamais contraires. J'aimais à m'étendre sur les moments
heureux de ma vie, et je les embellissais quelquefois des
ornements que de tendres regrets venaient me fournir.
Je disais les choses que j'avais oubliées comme il me
semblait qu'elles avaient dû être, comme elles avaient
été peut-être en effet, jamais au contraire de ce que je
me rappelais qu'elles avaient été. Je prêtais quelquefois
à la vérité des charmes étrangers, mais jamais je n'ai mis
le mensonge à la place pour pallier mes vices, ou pour
m'arroger des vertus.

Que si quelquefois, sans y songer, par un mouvement involontaire j'ai caché le côté difforme en me
peignant de profil, ces réticences ont bien été compen-
sées par d'autres réticences plus bizarres qui m'ont
souvent fait taire le bien plus soigneusement que le mal.
Ceci est une singularité de mon naturel qu'il est fort
pardonnable aux hommes de ne pas croire, mais qui,
tout incroyable qu'elle est, n'en est pas moins réelle :
j'ai souvent dit le mal dans toute sa turpitude, j'ai
rarement dit le bien dans tout ce qu'il eut d'aimable, et
souvent je l'ai tu tout à fait parce qu'il m'honorait trop,

et qu'en faisant mes *Confessions* j'aurais l'air d'avoir fait
mon éloge. J'ai décrit mes jeunes ans sans me vanter des
heureuses qualités dont mon cœur était doué et même
en supprimant les faits qui les mettaient trop en évidence. Je m'en rappelle ici deux de ma première
enfance, qui tous deux sont bien venus à mon souvenir
en écrivant, mais que j'ai rejetés l'un et l'autre par
l'unique raison dont je viens de parler.

J'allais presque tous les dimanches passer la journée
aux Pâquis chez M. Fazy, qui avait épousé une de mes
tantes et qui avait là une fabrique d'indiennes. Un jour
j'étais à l'étendage dans la chambre de la calandre et j'en
regardais les rouleaux de fonte : leur luisant flattait ma
vue, je fus tenté d'y poser mes doigts et je les promenais
avec plaisir sur le lissé du cylindre, quand le jeune Fazy
s'étant mis dans la roue lui donna un demi-quart de
tour si adroitement qu'il n'y prit que le bout de mes
deux plus longs doigts ; mais c'en fut assez pour qu'ils y
fussent écrasés par le bout et que les deux ongles y
restassent. Je fis un cri perçant, Fazy détourne à l'instant la roue, mais les ongles ne restèrent pas moins au
cylindre et le sang ruisselait de mes doigts. Fazy,
consterné, s'écrie, sort de la roue, m'embrasse, et me
conjure d'apaiser mes cris, ajoutant qu'il était perdu.
Au fort de ma douleur la sienne me toucha, je me tus,
nous fûmes à la carpière où il m'aida à laver mes doigts
et à étancher mon sang avec de la mousse. Il me supplia
avec larmes de ne point l'accuser ; je le lui promis et le
tins si bien, que plus de vingt ans après personne ne
savait par quelle aventure j'avais deux de mes doigts
cicatrisés ; car ils le sont demeurés toujours. Je fus
détenu dans mon lit plus de trois semaines, et plus de
deux mois hors d'état de me servir de ma main, disant
toujours qu'une grosse pierre en tombant m'avait
écrasé les doigts.

> *Magnanima menzôgna! or quando è il vero*
> *Si bello che si possa a te preporre?*

Cet accident me fut pourtant bien sensible par la

circonstance, car c'était le temps des exercices où l'on faisait manœuvrer la bourgeoisie, et nous avions fait un rang de trois autres enfants de mon âge avec lesquels je devais en uniforme faire l'exercice avec la compagnie de mon quartier. J'eus la douleur d'entendre le tambour de la compagnie passant sous ma fenêtre avec mes trois camarades, tandis que j'étais dans mon lit.

Mon autre histoire est toute semblable, mais d'un âge plus avancé.

Je jouais au mail à Plain-Palais avec un de mes camarades appelé Pleince. Nous prîmes querelle au jeu, nous nous battîmes et durant le combat il me donna sur la tête nue un coup de mail si bien appliqué que d'une main plus forte il m'eût fait sauter la cervelle. Je tombe à l'instant. Je ne vis de ma vie une agitation pareille à celle de ce pauvre garçon voyant mon sang ruisseler dans mes cheveux. Il crut m'avoir tué. Il se précipite sur moi, m'embrasse, me serre étroitement en fondant en larmes et poussant des cris perçants. Je l'embrassai aussi de toute ma force en pleurant comme lui dans une émotion confuse qui n'était pas sans quelque douceur. Enfin il se mit en devoir d'étancher mon sang qui continuait de couler, et voyant que nos deux mouchoirs n'y pouvaient suffire, il m'entraîna chez sa mère qui avait un petit jardin près de là. Cette bonne dame faillit à se trouver mal en me voyant dans cet état. Mais elle sut conserver des forces pour me panser, et après avoir bien bassiné ma plaie elle y appliqua des fleurs de lis macérées dans l'eau-de-vie, vulnéraire excellent et très usité dans notre pays. Ses larmes et celles de son fils pénétrèrent mon cœur au point que longtemps je la regardai comme ma mère et son fils comme mon frère, jusqu'à ce qu'ayant perdu l'un et l'autre de vue, je les oubliai peu à peu.

Je gardai le même secret sur cet accident que sur l'autre, et il m'en est arrivé cent autres de pareille nature en ma vie, dont je n'ai pas même été tenté de parler dans mes *Confessions*, tant j'y cherchais peu l'art de faire valoir le bien que je sentais dans mon caractère.

Non, quand j'ai parlé contre la vérité qui m'était connue, ce n'a jamais été qu'en choses indifférentes, et plus, ou par l'embarras de parler ou pour le plaisir d'écrire que par aucun motif d'intérêt pour moi, ni d'avantage ou de préjudice d'autrui. Et quiconque lira mes *Confessions* impartialement, si jamais cela arrive, sentira que les aveux que j'y fais sont plus humiliants, plus pénibles à faire, que ceux d'un mal plus grand mais moins honteux à dire, et que je n'ai pas dit parce que je ne l'ai pas fait.

Il suit de toutes ces réflexions que la profession de véracité que je me suis faite a plus son fondement sur des sentiments de droiture et d'équité que sur la réalité des choses, et que j'ai plus suivi dans la pratique les directions morales de ma conscience que les notions abstraites du vrai et du faux. J'ai souvent débité bien des fables, mais j'ai très rarement menti. En suivant ces principes j'ai donné sur moi beaucoup de prise aux autres, mais je n'ai fait tort à qui que ce fût, et je ne me suis point attribué à moi-même plus d'avantage qu'il ne m'en était dû. C'est uniquement par là, ce me semble, que la vérité est une vertu. A tout autre égard elle n'est pour nous qu'un être métaphysique dont il ne résulte ni bien ni mal.

Je ne sens pourtant pas mon cœur assez content de ces distinctions pour me croire tout à fait irrépréhensible. En pesant avec tant de soin ce que je devais aux autres, ai-je assez examiné ce que je me devais à moi-même? S'il faut être juste pour autrui, il faut être vrai pour soi, c'est un hommage que l'honnête homme doit rendre à sa propre dignité. Quand la stérilité de ma conversation me forçait d'y suppléer par d'innocentes fictions j'avais tort, parce qu'il ne faut point, pour amuser autrui, s'avilir soi-même; et quand, entraîné par le plaisir d'écrire, j'ajoutais à des choses réelles des ornements inventés, j'avais plus de tort encore parce qu'orner la vérité par des fables c'est en effet la défigurer.

Mais ce qui me rend plus inexcusable est la devise

que j'avais choisie. Cette devise m'obligeait plus que tout autre homme à une profession plus étroite de la vérité, et il ne suffisait pas que je lui sacrifiasse partout mon intérêt et mes penchants, il fallait lui sacrifier aussi ma faiblesse et mon naturel timide. Il fallait avoir le courage et la force d'être vrai toujours, en toute occasion, et qu'il ne sortît jamais ni fiction ni fable d'une bouche et d'une plume qui s'étaient particulièrement consacrées à la vérité. Voilà ce que j'aurais dû me dire en prenant cette fière devise, et me répéter sans cesse tant que j'osai la porter. Jamais la fausseté ne dicta mes mensonges, ils sont tous venus de faiblesse, mais cela m'excuse très mal. Avec une âme faible on peut tout au plus se garantir du vice, mais c'est être arrogant et téméraire d'oser professer de grandes vertus.

Voilà des réflexions qui probablement ne me seraient jamais venues dans l'esprit si l'abbé Rosier ne me les eût suggérées. Il est bien tard, sans doute, pour en faire usage ; mais il n'est pas trop tard au moins pour redresser mon erreur et remettre ma volonté dans la règle : car c'est désormais tout ce qui dépend de moi. En ceci donc et en toutes choses semblables la maxime de Solon est applicable à tous les âges, et il n'est jamais trop tard pour apprendre, même de ses ennemis, à être sage, vrai, modeste, et à moins présumer de soi.

CINQUIÈME PROMENADE

De toutes les habitations où j'ai demeuré (et j'en ai eu de charmantes), aucune ne m'a rendu si véritablement heureux et ne m'a laissé de si tendres regrets que l'île de Saint-Pierre au milieu du lac de Bienne. Cette petite île qu'on appelle à Neuchâtel l'île de La Motte est bien peu connue, même en Suisse. Aucun voyageur, que je sache, n'en fait mention. Cependant elle est très agréable et singulièrement située pour le bonheur d'un homme qui aime à se circonscrire; car quoique je sois peut-être le seul au monde à qui sa destinée en ait fait une loi, je ne puis croire être le seul qui ait un goût si naturel, quoique je ne l'aie trouvé jusqu'ici chez nul autre.

Les rives du lac de Bienne sont plus sauvages et romantiques que celles du lac de Genève, parce que les rochers et les bois y bordent l'eau de plus près; mais elles ne sont pas moins riantes. S'il y a moins de culture de champs et de vignes, moins de villes et de maisons, il y a aussi plus de verdure naturelle, plus de prairies, d'asiles ombragés de bocages, des contrastes plus fréquents et des accidents plus rapprochés. Comme il n'y a pas sur ces heureux bords de grandes routes commodes pour les voitures, le pays est peu fréquenté par les voyageurs; mais qu'il est intéressant pour des contemplatifs solitaires qui aiment à s'enivrer à loisir des

charmes de la nature, et à se recueillir dans un silence
que ne trouble aucun autre bruit que le cri des aigles, le
ramage entrecoupé de quelques oiseaux, et le roule-
ment des torrents qui tombent de la montagne. Ce beau
bassin d'une forme presque ronde enferme dans son
milieu deux petites îles, l'une habitée et cultivée,
d'environ une demi-lieue de tour, l'autre plus petite,
déserte et en friche, et qui sera détruite à la fin par les
transports de la terre qu'on en ôte sans cesse pour
réparer les dégâts que les vagues et les orages font à la
grande. C'est ainsi que la substance du faible est
toujours employée au profit du puissant.

Il n'y a dans l'île qu'une seule maison mais grande,
agréable et commode, qui appartient à l'hôpital de
Berne ainsi que l'île, et où loge un receveur avec sa
famille et ses domestiques. Il y entretient une nom-
breuse basse-cour, une volière et des réservoirs pour le
poisson. L'île dans sa petitesse est tellement variée dans
ses terrains et ses aspects, qu'elle offre toutes sortes de
sites et souffre toutes sortes de cultures. On y trouve des
champs, des vignes, des bois, des vergers, de gras
pâturages ombragés de bosquets et bordés d'arbrisseaux de toute espèce dont le bord des eaux entretient la
fraîcheur; une haute terrasse plantée de deux rangs
d'arbres borde l'île dans sa longueur, et dans le milieu
de cette terrasse on a bâti un joli salon où les habitants
des rives voisines se rassemblent et viennent danser les
dimanches durant les vendanges.

C'est dans cette île que je me réfugiai après la
lapidation de Motiers. J'en trouvai le séjour si charmant, j'y menais une vie si convenable à mon humeur
que, résolu d'y finir mes jours, je n'avais d'autre
inquiétude sinon qu'on ne me laissât pas exécuter ce
projet qui ne s'accordait pas avec celui de m'entraîner
en Angleterre, dont je sentais déjà les premiers effets.
Dans les pressentiments qui m'inquiétaient j'aurais
voulu qu'on m'eût fait de cet asile une prison perpé-
tuelle, qu'on m'y eût confiné pour toute ma vie, et
qu'en m'ôtant toute puissance et tout espoir d'en sortir,

on m'eût interdit toute espèce de communication avec
la terre ferme de sorte qu'ignorant tout ce qui se faisait
dans le monde j'en eusse oublié l'existence et qu'on y
eût oublié la mienne aussi.

On ne m'a laissé passer guère que deux mois dans
cette île, mais j'y aurais passé deux ans, deux siècles, et
toute l'éternité sans m'y ennuyer un moment, quoique
je n'y eusse, avec ma compagne, d'autre société que
celle du receveur, de sa femme et de ses domestiques,
qui tous étaient à la vérité de très bonnes gens et rien de
plus, mais c'était précisément ce qu'il me fallait. Je
compte ces deux mois pour le temps le plus heureux de
ma vie et tellement heureux qu'il m'eût suffi durant
toute mon existence sans laisser naître un seul instant
dans mon âme le désir d'un autre état.

Quel était donc ce bonheur et en quoi consistait sa
jouissance ? Je le donnerais à deviner à tous les hommes
de ce siècle sur la description de la vie que j'y menais.
Le précieux *far niente* fut la première et la principale de
ces jouissances que je voulus savourer dans toute sa
douceur, et tout ce que je fis durant mon séjour ne fut
en effet que l'occupation délicieuse et nécessaire d'un
homme qui s'est dévoué à l'oisiveté.

L'espoir qu'on ne demanderait pas mieux que de me
laisser dans ce séjour isolé où je m'étais enlacé de
moi-même, dont il m'était impossible de sortir sans
assistance et sans être bien aperçu, et où je ne pouvais
avoir ni communication ni correspondance que par le
concours des gens qui m'entouraient, cet espoir, dis-je,
me donnait celui d'y finir mes jours plus tranquillement
que je ne les avais passés, et l'idée que j'aurais le temps
de m'y arranger tout à loisir fit que je commençai par
n'y faire aucun arrangement. Transporté là brusquement seul et nu, j'y fis venir successivement ma gouvernante, mes livres et mon petit équipage, dont j'eus le
plaisir de ne rien déballer, laissant mes caisses et mes
malles comme elles étaient arrivées, et vivant dans
l'habitation où je comptais achever mes jours comme
dans une auberge dont j'aurais dû partir le lendemain.

Toutes choses telles qu'elles étaient, allaient si bien que
vouloir les mieux ranger était y gâter quelque chose. Un
de mes plus grands délices était surtout de laisser
toujours mes livres bien encaissés et de n'avoir point
d'écritoire. Quand de malheureuses lettres me forçaient
de prendre la plume pour y répondre j'empruntais en
murmurant l'écritoire du receveur, et je me hâtais de la
rendre dans la vaine espérance de n'avoir plus besoin de
la remprunter. Au lieu de ces tristes paperasses et de
toute cette bouquinerie, j'emplissais ma chambre de
fleurs et de foin; car j'étais alors dans ma première
ferveur de botanique, pour laquelle le docteur d'Ivernois m'avait inspiré un goût qui bientôt devint passion.
Ne voulant plus d'œuvre de travail il m'en fallait une
d'amusement qui me plût et qui ne me donnât de peine
que celle qu'aime à prendre un paresseux. J'entrepris
de faire la *Flora petrinsularis* et de décrire toutes les
plantes de l'île sans en omettre une seule, avec un détail
suffisant pour m'occuper le reste de mes jours. On dit
qu'un Allemand a fait un livre sur un zeste de citron,
j'en aurais fait un sur chaque gramen des prés, sur
chaque mousse des bois, sur chaque lichen qui tapisse
les rochers; enfin je ne voulais pas laisser un poil
d'herbe, pas un atome végétal qui ne fût amplement
décrit. En conséquence de ce beau projet, tous les
matins après le déjeuner, que nous faisions tous
ensemble, j'allais une loupe à la main et mon *Systema
naturæ* sous le bras visiter un canton de l'île, que j'avais
pour cet effet divisée en petits carrés dans l'intention de
les parcourir l'un après l'autre en chaque saison. Rien
n'est plus singulier que les ravissements, les extases que
j'éprouvais à chaque observation que je faisais sur la
structure et l'organisation végétale, et sur le jeu des
parties sexuelles dans la fructification, dont le système
était alors tout à fait nouveau pour moi. La distinction
des caractères génériques, dont je n'avais pas auparavant la moindre idée, m'enchantait en les vérifiant sur
les espèces communes, en attendant qu'il s'en offrît à
moi de plus rares. La fourchure des deux longues

étamines de la brunelle, le ressort de celles de l'ortie et de la pariétaire, l'explosion du fruit de la balsamine et de la capsule du buis, mille petits jeux de la fructification que j'observais pour la première fois me comblaient de joie, et j'allais demandant si l'on avait vu les cornes de la brunelle, comme La Fontaine demandait si l'on avait lu Habacuc. Au bout de deux ou trois heures je m'en revenais chargé d'une ample moisson, provision d'amusement pour l'après-dînée au logis, en cas de pluie. J'employais le reste de la matinée à aller avec le receveur, sa femme et Thérèse, visiter leurs ouvriers et leur récolte, mettant le plus souvent la main à l'œuvre avec eux, et souvent des Bernois qui me venaient voir m'ont trouvé juché sur de grands arbres, ceint d'un sac que je remplissais de fruits, et que je dévalais ensuite à terre avec une corde. L'exercice que j'avais fait dans la matinée et la bonne humeur qui en est inséparable me rendaient le repos du dîner très agréable ; mais quand il se prolongeait trop et que le beau temps m'invitait, je ne pouvais si longtemps attendre ; et pendant qu'on était encore à table, je m'esquivais et j'allais me jeter seul dans un bateau que je conduisais au milieu du lac quand l'eau était calme, et là, m'étendant tout de mon long dans le bateau les yeux tournés vers le ciel, je me laissais aller et dériver lentement au gré de l'eau, quelquefois pendant plusieurs heures, plongé dans mille rêveries confuses mais délicieuses, et qui sans avoir aucun objet bien déterminé ni constant ne laissaient pas d'être à mon gré cent fois préférables à tout ce que j'avais trouvé de plus doux dans ce qu'on appelle les plaisirs de la vie. Souvent averti par le baisser du soleil de l'heure de la retraite je me trouvais si loin de l'île que j'étais forcé de travailler de toute ma force pour arriver avant la nuit close. D'autres fois, au lieu de m'écarter en pleine eau je me plaisais à côtoyer les verdoyantes rives de l'île dont les limpides eaux et les ombrages frais m'ont souvent engagé à m'y baigner. Mais une de mes navigations les plus fréquentes était d'aller de la grande à la petite île,

d'y débarquer et d'y passer l'après-dînée, tantôt à des
promenades très circonscrites au milieu des marceaux,
des bourdaines, des persicaires, des arbrisseaux de
toute espèce, et tantôt m'établissant au sommet d'un
tertre sablonneux couvert de gazon, de serpolet, de
fleurs, même d'esparcette et de trèfles qu'on y avait
vraisemblablement semés autrefois, et très propre à
loger des lapins qui pouvaient là multiplier en paix sans
rien craindre et sans nuire à rien. Je donnai cette idée au
receveur qui fit venir de Neuchâtel des lapins mâles et
femelles, et nous allâmes en grande pompe, sa femme,
une de ses sœurs, Thérèse et moi, les établir dans la
petite île, où ils commençaient à peupler avant mon
départ et où ils auront prospéré sans doute s'ils ont pu
soutenir la rigueur des hivers. La fondation de cette
petite colonie fut une fête. Le pilote des Argonautes
n'était pas plus fier que moi menant en triomphe la
compagnie et les lapins de la grande île à la petite, et je
notais avec orgueil que la receveuse, qui redoutait l'eau
à l'excès et s'y trouvait toujours mal, s'embarqua sous
ma conduite avec confiance et ne montra nulle peur
durant la traversée.

Quand le lac agité ne me permettait pas la navigation
je passais mon après-midi à parcourir l'île en herbori-
sant à droite et à gauche, m'asseyant tantôt dans les
réduits les plus riants et les plus solitaires pour y rêver à
mon aise, tantôt sur les terrasses et les tertres, pour
parcourir des yeux le superbe et ravissant coup d'œil du
lac et de ses rivages couronnés d'un côté par des
montagnes prochaines, et de l'autre élargis en riches et
fertiles plaines dans lesquelles la vue s'étendait
jusqu'aux montagnes bleuâtres plus éloignées qui la
bornaient.

Quand le soir approchait je descendais des cimes de
l'île et j'allais volontiers m'asseoir au bord du lac, sur la
grève, dans quelque asile caché ; là le bruit des vagues et
l'agitation de l'eau fixant mes sens et chassant de mon
âme toute autre agitation la plongeaient dans une rêverie délicieuse où la nuit me surprenait souvent sans que

je m'en fusse aperçu. Le flux et le reflux de cette eau,
son bruit continu mais renflé par intervalles frappant
sans relâche mon oreille et mes yeux, suppléaient aux
mouvements internes que la rêverie éteignait en moi et
suffisaient pour me faire sentir avec plaisir mon existence, sans prendre la peine de penser. De temps à
autre naissait quelque faible et courte réflexion sur
l'instabilité des choses de ce monde dont la surface des
eaux m'offrait l'image : mais bientôt ces impressions
légères s'effaçaient dans l'uniformité du mouvement
continu qui me berçait, et qui sans aucun concours actif
de mon âme ne laissait pas de m'attacher au point
qu'appelé par l'heure et par le signal convenu je ne
pouvais m'arracher de là sans effort.

Après le souper, quand la soirée était belle, nous
allions encore tous ensemble faire quelque tour de
promenade sur la terrasse pour y respirer l'air du lac et
la fraîcheur. On se reposait dans le pavillon, on riait, on
causait, on chantait quelque vieille chanson qui valait
bien le tortillage moderne, et enfin l'on s'allait coucher
content de sa journée et n'en désirant qu'une semblable
pour le lendemain.

Telle est, laissant à part les visites imprévues et
importunes, la manière dont j'ai passé mon temps dans
cette île durant le séjour que j'y ai fait. Qu'on me dise à
présent ce qu'il y a là d'assez attrayant pour exciter dans
mon cœur des regrets si vifs, si tendres et si durables
qu'au bout de quinze ans il m'est impossible de songer à
cette habitation chérie sans m'y sentir à chaque fois
transporté encore par les élans du désir.

J'ai remarqué dans les vicissitudes d'une longue vie
que les époques des plus douces jouissances et des
plaisirs les plus vifs ne sont pourtant pas celles dont le
souvenir m'attire et me touche le plus. Ces courts
moments de délire et de passion, quelque vifs qu'ils
puissent être ne sont cependant, et par leur vivacité
même, que des points bien clairsemés dans la ligne de la
vie. Ils sont trop rares et trop rapides pour constituer un
état, et le bonheur que mon cœur regrette n'est point

composé d'instants fugitifs mais un état simple et permanent, qui n'a rien de vif en lui-même, mais dont la
durée accroît le charme au point d'y trouver enfin la
suprême félicité.

Tout est dans un flux continuel sur la terre. Rien n'y
garde une forme constante et arrêtée, et nos affections
qui s'attachent aux choses extérieures passent et
changent nécessairement comme elles. Toujours en
avant ou en arrière de nous, elles rappellent le passé qui
n'est plus ou préviennent l'avenir qui souvent ne doit
point être : il n'y a rien là de solide à quoi le cœur se
puisse attacher. Aussi n'a-t-on guère ici bas que du
plaisir qui passe ; pour le bonheur qui dure je doute
qu'il y soit connu. A peine est-il dans nos plus vives
jouissances un instant où le cœur puisse véritablement
nous dire : *Je voudrais que cet instant durât toujours* ; et
comment peut-on appeler bonheur un état fugitif qui
nous laisse encore le cœur inquiet et vide, qui nous fait
regretter quelque chose avant, ou désirer encore quelque chose après.

Mais s'il est un état où l'âme trouve une assiette assez
solide pour s'y reposer tout entière et rassembler là tout
son être, sans avoir besoin de rappeler le passé ni
d'enjamber sur l'avenir ; où le temps ne soit rien pour
elle, où le présent dure toujours sans néanmoins marquer sa durée et sans aucune trace de succession, sans
aucun autre sentiment de privation ni de jouissance, de
plaisir ni de peine, de désir ni de crainte que celui seul
de notre existence, et que ce sentiment seul puisse la
remplir tout entière ; tant que cet état dure celui qui s'y
trouve peut s'appeler heureux, non d'un bonheur
imparfait, pauvre et relatif, tel que celui qu'on trouve
dans les plaisirs de la vie mais d'un bonheur suffisant,
parfait et plein, qui ne laisse dans l'âme aucun vide
qu'elle sente le besoin de remplir. Tel est l'état où je me
suis trouvé souvent à l'île de Saint-Pierre dans mes
rêveries solitaires, soit couché dans mon bateau que je
laissais dériver au gré de l'eau, soit assis sur les rives du
lac agité, soit ailleurs, au bord d'une belle rivière ou
d'un ruisseau murmurant sur le gravier.

De quoi jouit-on dans une pareille situation ? De rien d'extérieur à soi, de rien sinon de soi-même et de sa propre existence, tant que cet état dure on se suffit à soi-même comme Dieu. Le sentiment de l'existence dépouillé de toute autre affection est par lui-même un sentiment précieux de contentement et de paix, qui suffirait seul pour rendre cette existence chère et douce à qui saurait écarter de soi toutes les impressions sensuelles et terrestres qui viennent sans cesse nous en distraire et en troubler ici-bas la douceur. Mais la plupart des hommes agités de passions continuelles connaissent peu cet état, et ne l'ayant goûté qu'imparfaitement durant peu d'instants n'en conservent qu'une idée obscure et confuse qui ne leur en fait pas sentir le charme. Il ne serait pas même bon, dans la présente constitution des choses, qu'avides de ces douces extases ils s'y dégoûtassent de la vie active dont leurs besoins toujours renaissants leur prescrivent le devoir. Mais un infortuné qu'on a retranché de la société humaine et qui ne peut plus rien faire ici-bas d'utile et de bon pour autrui ni pour soi, peut trouver dans cet état à toutes les félicités humaines des dédommagements que la fortune et les hommes ne lui sauraient ôter.

Il est vrai que ces dédommagements ne peuvent être sentis par toutes les âmes ni dans toutes les situations. Il faut que le cœur soit en paix et qu'aucune passion n'en vienne troubler le calme. Il y faut des dispositions de la part de celui qui les éprouve, il en faut dans le concours des objets environnants. Il n'y faut ni un repos absolu ni trop d'agitation, mais un mouvement uniforme et modéré qui n'ait ni secousses ni intervalles. Sans mouvement la vie n'est qu'une léthargie. Si le mouvement est inégal ou trop fort il réveille ; en nous rappelant aux objets environnants, il détruit le charme de la rêverie, et nous arrache d'au-dedans de nous pour nous remettre à l'instant sous le joug de la fortune et des hommes et nous rendre au sentiment de nos malheurs. Un silence absolu porte à la tristesse. Il offre une image de la mort. Alors le secours d'une imagination riante est nécessaire et se présente assez naturellement à ceux que le ciel en a gratifiés. Le mouvement qui ne vient pas du dehors se fait alors au-dedans de nous. Le repos est moindre, il est vrai, mais il est aussi plus agréable quand de légères et douces idées, sans agiter le fond de l'âme, ne font pour ainsi dire qu'en effleurer la surface. Il n'en faut qu'assez pour se souvenir de soi-même en oubliant tous ses maux. Cette espèce de rêverie peut se goûter partout où l'on peut être tranquille, et j'ai souvent pensé qu'à la Bastille, et même dans un cachot où nul objet n'eût frappé ma vue, j'aurais encore pu rêver agréablement.

Mais il faut avouer que cela se faisait bien mieux et plus agréablement dans une île fertile et solitaire, naturellement circonscrite et séparée du reste du monde, où rien ne m'offrait que des images riantes, où rien ne me rappelait des souvenirs attristants, où la société du petit nombre d'habitants était liante et douce sans être intéressante au point de m'occuper incessamment ; où je pouvais enfin me livrer tout le jour sans obstacles et sans soins aux occupations de mon goût, ou à la plus molle oisiveté. L'occasion sans doute était belle pour un rêveur qui sachant se nourrir d'agréables chimères au milieu des objets les plus déplaisants, pouvait s'en rassasier à son aise en y faisant concourir tout ce qui frappait réellement ses sens. En sortant d'une longue et douce rêverie, en me voyant entouré de verdure, de fleurs, d'oiseaux, et laissant errer mes yeux au loin sur les romanesques rivages qui bordaient une vaste étendue d'eau claire et cristalline, j'assimilais à mes fictions tous ces aimables objets et me trouvant enfin ramené par degrés à moi-même et à ce qui m'entourait, je ne pouvais marquer le point de séparation des fictions aux réalités ; tant tout concourait également à me rendre chère la vie recueillie et solitaire que je menais dans ce beau séjour. Que ne peut-elle renaître encore ? que ne puis-je aller finir mes jours dans cette île chérie sans en ressortir jamais, ni jamais y revoir aucun habitant du continent qui me rappelât le souvenir des calamités de toute espèce qu'ils se plaisent à rassembler sur moi

depuis tant d'années? Ils seraient bientôt oubliés pour
jamais; sans doute ils ne m'oublieraient pas de même,
mais que m'importerait, pourvu qu'ils n'eussent aucun
accès pour y venir troubler mon repos? Délivré de
toutes les passions terrestres qu'engendre le tumulte de
la vie sociale, mon âme s'élancerait fréquemment au-
dessus de cette atmosphère, et commercerait d'avance
avec les intelligences célestes dont elle espère aller
augmenter le nombre dans peu de temps. Les hommes
se garderont, je le sais, de me rendre un si doux asile où
ils n'ont pas voulu me laisser. Mais ils ne m'empêcheront pas du moins de m'y transporter chaque jour sur
les ailes de l'imagination, et d'y goûter durant quelques
heures le même plaisir que si je l'habitais encore. Ce
que j'y ferais de plus doux serait d'y rêver à mon aise.
En rêvant que j'y suis ne fais-je pas la même chose? Je
fais même plus; à l'attrait d'une rêverie abstraite et
monotone je joins des images charmantes qui la vivi-
fient. Leurs objets échappaient souvent à mes sens dans
mes extases, et maintenant plus ma rêverie est profonde
plus elle me les peint vivement. Je suis souvent plus au
milieu d'eux et plus agréablement encore que quand j'y
étais réellement. Le malheur est qu'à mesure que
l'imagination s'attiédit cela vient avec plus de peine et
ne dure pas si longtemps. Hélas, c'est quand on
commence à quitter sa dépouille qu'on en est le plus
offusqué!

SIXIÈME PROMENADE

Nous n'avons guère de mouvement machinal dont nous ne pussions trouver la cause dans notre cœur, si nous savions bien l'y chercher. Hier, passant sur le nouveau boulevard pour aller herboriser le long de la Bièvre du côté de Gentilly, je fis le crochet à droite en approchant de la barrière d'Enfer, et m'écartant dans la campagne j'allai par la route de Fontainebleau gagner les hauteurs qui bordent cette petite rivière. Cette marche était fort indifférente en elle-même, mais en me rappelant que j'avais fait plusieurs fois machinalement le même détour, j'en recherchai la cause en moi-même, et je ne pus m'empêcher de rire quand je vins à la démêler.

Dans un coin du boulevard, à la sortie de la barrière d'Enfer, s'établit journellement en été une femme qui vend du fruit, de la tisane et des petits pains. Cette femme a un petit garçon fort gentil mais boiteux, qui, clopinant avec ses béquilles, s'en va d'assez bonne grâce demander l'aumône aux passants. J'avais fait une espèce de connaissance avec ce petit bonhomme ; il ne manquait pas chaque fois que je passais de venir me faire son petit compliment, toujours suivi de ma petite offrande. Les premières fois je fus charmé de le voir, je lui donnais de très bon cœur, et je continuai quelque temps de le faire avec le même plaisir, y joignant même

le plus souvent celui d'exciter et d'écouter son petit
babil que je trouvais agréable. Ce plaisir devenu par
degrés habitude se trouva je ne sais comment trans-
formé dans une espèce de devoir dont je sentis bientôt la
gêne, surtout à cause de la harangue préliminaire qu'il
fallait écouter, et dans laquelle il ne manquait jamais de
m'appeler souvent M. Rousseau pour montrer qu'il me
connaissait bien, ce qui m'apprenait assez au contraire
qu'il ne me connaissait pas plus que ceux qui l'avaient
instruit. Dès lors je passai par là moins volontiers, et
enfin je pris machinalement l'habitude de faire le plus
souvent un détour quand j'approchais de cette traverse.

Voilà ce que je découvris en y réfléchissant, car rien
de tout cela ne s'était offert jusqu'alors distinctement à
ma pensée. Cette observation m'en a rappelé successivement des multitudes d'autres qui m'ont bien
confirmé que les vrais et premiers motifs de la plupart
de mes actions ne me sont pas aussi clairs à moi-même
que je me l'étais longtemps figuré. Je sais et je sens que
faire du bien est le plus vrai bonheur que le cœur
humain puisse goûter; mais il y a longtemps que ce
bonheur a été mis hors de ma portée, et ce n'est pas
dans un aussi misérable sort que le mien qu'on peut
espérer de placer avec choix et avec fruit une seule
action réellement bonne. Le plus grand soin de ceux
qui règlent ma destinée ayant été que tout ne fût pour
moi que fausse et trompeuse apparence, un motif de
vertu n'est jamais qu'un leurre qu'on me présente pour
m'attirer dans le piège où l'on veut m'enlacer. Je sais
cela; je sais que le seul bien qui soit désormais en ma
puissance est de m'abstenir d'agir de peur de mal faire
sans le vouloir et sans le savoir.

Mais il fut des temps plus heureux où, suivant les
mouvements de mon cœur, je pouvais quelquefois
rendre un autre cœur content, et je me dois l'honorable
témoignage que chaque fois que j'ai pu goûter ce plaisir
je l'ai trouvé plus doux qu'aucun autre. Ce penchant fut
vif, vrai, pur; et rien dans mon plus secret intérieur ne
l'a jamais démenti. Cependant j'ai senti souvent le

poids de mes propres bienfaits par la chaîne des devoirs qu'ils entraînaient à leur suite : alors le plaisir a disparu, et je n'ai plus trouvé dans la continuation des mêmes soins qui m'avaient d'abord charmé, qu'une gêne presque insupportable. Durant mes courtes prospérités beaucoup de gens recouraient à moi, et jamais dans tous les services que je pus leur rendre aucun d'eux ne fut éconduit. Mais de ces premiers bienfaits versés avec effusion de cœur naissaient des chaînes d'engagements successifs que je n'avais pas prévus et dont je ne pouvais plus secouer le joug. Mes premiers services n'étaient aux yeux de ceux qui les recevaient que les erres de ceux qui les devaient suivre ; et dès que quelque infortuné avait jeté sur moi le grappin d'un bienfait reçu, c'en était fait désormais, et ce premier bienfait libre et volontaire devenait un droit indéfini à tous ceux dont il pouvait avoir besoin dans la suite, sans que l'impuissance même suffît pour m'en affranchir. Voilà comment des jouissances très douces se transformaient pour moi dans la suite en d'onéreux assujettissements.

Ces chaînes cependant ne me parurent pas très pesantes tant qu'ignoré du public je vécus dans l'obscurité. Mais quand une fois ma personne fut affichée par mes écrits, faute grave sans doute, mais plus qu'expiée par mes malheurs, dès lors je devins le bureau général d'adresse de tous les souffreteux ou soi-disant tels, de tous les aventuriers qui cherchaient des dupes, de tous ceux qui sous prétexte du grand crédit qu'ils feignaient de m'attribuer voulaient s'emparer de moi de manière ou d'autre. C'est alors que j'eus lieu de connaître que tous les penchants de la nature sans excepter la bienfaisance elle-même, portés ou suivis dans la société sans prudence et sans choix, changent de nature et deviennent souvent aussi nuisibles qu'ils étaient utiles dans leur première direction. Tant de cruelles expériences changèrent peu à peu mes premières dispositions, ou plutôt les renfermant enfin dans leurs véritables bornes, elles m'apprirent à suivre moins aveuglément mon penchant à bien faire, lorsqu'il ne servait qu'à favoriser la méchanceté d'autrui.

Mais je n'ai point regret à ces mêmes expériences, puisqu'elles m'ont procuré par la réflexion de nouvelles lumières sur la connaissance de moi-même et sur les vrais motifs de ma conduite en mille circonstances sur lesquelles je me suis si souvent fait illusion. J'ai vu que pour bien faire avec plaisir il fallait que j'agisse librement, sans contrainte, et que pour m'ôter toute la douceur d'une bonne œuvre il suffisait qu'elle devînt un devoir pour moi. Dès lors le poids de l'obligation me fait un fardeau des plus douces jouissances et, comme je l'ai dit dans l'*Émile*, à ce que je crois, j'eusse été chez les Turcs un mauvais mari à l'heure où le cri public les appelle à remplir les devoirs de leur état.

Voilà ce qui modifie beaucoup l'opinion que j'eus longtemps de ma propre vertu; car il n'y en a point à suivre ses penchants, et à se donner, quand ils nous y portent, le plaisir de bien faire. Mais elle consiste à les vaincre quand le devoir le commande, pour faire ce qu'il nous prescrit, et voilà ce que j'ai su moins faire qu'homme du monde. Né sensible et bon, portant la pitié jusqu'à la faiblesse, et me sentant exalter l'âme par tout ce qui tient à la générosité, je fus humain, bienfaisant, secourable, par goût, par passion même, tant qu'on n'intéressa que mon cœur; j'eusse été le meilleur et le plus clément des hommes si j'en avais été le plus puissant, et pour éteindre en moi tout désir de vengeance il m'eût suffi de pouvoir me venger. J'aurais même été juste sans peine contre mon propre intérêt, mais contre celui des personnes qui m'étaient chères je n'aurais pu me résoudre à l'être. Dès que mon devoir et mon cœur étaient en contradiction le premier eut rarement la victoire, à moins qu'il ne fallût seulement que m'abstenir; alors j'étais fort le plus souvent, mais agir contre mon penchant me fut toujours impossible. Que ce soient les hommes, le devoir, ou même la nécessité qui commandent, quand mon cœur se tait, ma volonté reste sourde, et je ne saurais obéir. Je vois le mal qui me

menace et je le laisse arriver plutôt que de m'agiter pour
le prévenir. Je commence quelquefois avec effort, mais
cet effort me lasse et m'épuise bien vite ; je ne saurais
continuer. En toute chose imaginable ce que je ne fais
pas avec plaisir m'est bientôt impossible à faire.

Il y a plus. La contrainte d'accord avec mon désir
suffit pour l'anéantir, et le changer en répugnance, en
aversion même, pour peu qu'elle agisse trop fortement,
et voilà ce qui me rend pénible la bonne œuvre qu'on
exige et que je faisais de moi-même lorsqu'on ne
l'exigeait pas. Un bienfait purement gratuit est certainement une œuvre que j'aime à faire. Mais quand celui
qui l'a reçu s'en fait un titre pour en exiger la continuation sous peine de sa haine, quand il me fait une loi
d'être à jamais son bienfaiteur pour avoir d'abord pris
plaisir à l'être, dès lors la gêne commence et le plaisir
s'évanouit. Ce que je fais alors quand je cède est
faiblesse et mauvaise honte, mais la bonne volonté n'y
est plus, et loin que je m'en applaudisse en moi-même,
je me reproche en ma conscience de bien faire à
contrecœur.

Je sais qu'il y a une espèce de contrat et même le plus
saint de tous entre le bienfaiteur et l'obligé. C'est une
sorte de société qu'ils forment l'un avec l'autre, plus
étroite que celle qui unit les hommes en général, et si
l'obligé s'engage tacitement à la reconnaissance, le
bienfaiteur s'engage de même à conserver à l'autre, tant
qu'il ne s'en rendra pas indigne, la même bonne volonté
qu'il vient de lui témoigner, et à lui en renouveler les
actes toutes les fois qu'il le pourra et qu'il en sera
requis. Ce ne sont pas là des conditions expresses, mais
ce sont des effets naturels de la relation qui vient de
s'établir entre eux. Celui qui la première fois refuse un
service gratuit qu'on lui demande ne donne aucun droit
de se plaindre à celui qu'il a refusé ; mais celui qui dans
un cas semblable refuse au même la même grâce qu'il
lui accorda ci-devant frustre une espérance qu'il l'a
autorisé à concevoir ; il trompe et dément une attente
qu'il a fait naître. On sent dans ce refus je ne sais quoi

d'injuste et de plus dur que dans l'autre ; mais il n'en est pas moins l'effet d'une indépendance que le cœur aime, et à laquelle il ne renonce pas sans effort. Quand je paye une dette c'est un devoir que je remplis ; quand je fais un don c'est un plaisir que je me donne. Or le plaisir de remplir ses devoirs est de ceux que la seule habitude de la vertu fait naître : ceux qui nous viennent immédiatement de la nature ne s'élèvent pas si haut que cela.

Après tant de tristes expériences j'ai appris à prévoir de loin les conséquences de mes premiers mouvements suivis, et je me suis souvent abstenu d'une bonne œuvre que j'avais le désir et le pouvoir de faire, effrayé de l'assujettissement auquel dans la suite je m'allais soumettre si je m'y livrais inconsidérément. Je n'ai pas toujours senti cette crainte, au contraire dans ma jeunesse je m'attachais par mes propres bienfaits, et j'ai souvent éprouvé de même que ceux que j'obligeais s'affectionnaient à moi par reconnaissance encore plus que par intérêt. Mais les choses ont bien changé de face à cet égard comme à tout autre aussitôt que mes malheurs ont commencé. J'ai vécu dès lors dans une génération nouvelle qui ne ressemblait point à la première, et mes propres sentiments pour les autres ont souffert des changements que j'ai trouvés dans les leurs. Les mêmes gens que j'ai vus successivement dans ces deux générations si différentes se sont pour ainsi dire assimilés successivement à l'une et à l'autre. De vrais, et francs qu'ils étaient d'abord, devenus ce qu'ils sont ils ont fait comme tous les autres ; et par cela seul que les temps sont changés, les hommes ont changé comme eux. Eh ! comment pourrais-je garder les mêmes sentiments pour ceux en qui je trouve le contraire de ce qui les fit naître. Je ne les hais point, parce que je ne saurais haïr ; mais je ne puis me défendre du mépris qu'ils méritent ni m'abstenir de le leur témoigner.

Peut-être, sans m'en apercevoir, ai-je changé moi-même plus qu'il n'aurait fallu. Quel naturel résisterait sans s'altérer à une situation pareille à la mienne ? Convaincu par vingt ans d'expérience que tout ce que la nature a mis d'heureuses dispositions dans mon cœur est tourné par ma destinée et par ceux qui en disposent au préjudice de moi-même ou d'autrui, je ne puis plus regarder une bonne œuvre qu'on me présente à faire que comme un piège qu'on me tend et sous lequel est caché quelque mal. Je sais que, quel que soit l'effet de l'œuvre, je n'en aurai pas moins le mérite de ma bonne intention. Oui, ce mérite y est toujours sans doute, mais le charme intérieur n'y est plus, et sitôt que ce stimulant me manque, je ne sens qu'indifférence et glace au-dedans de moi, et sûr qu'au lieu de faire une action vraiment utile je ne fais qu'un acte de dupe, l'indignation de l'amour-propre jointe au désaveu de la raison ne m'inspire que répugnance et résistance, où j'eusse été plein d'ardeur et de zèle dans mon état naturel.

Il est des sortes d'adversités qui élèvent et renforcent l'âme, mais il en est qui l'abattent et la tuent; telle est celle dont je suis la proie. Pour peu qu'il y eût eu quelque mauvais levain dans la mienne elle l'eût fait fermenter à l'excès, elle m'eût rendu frénétique; mais elle ne m'a rendu que nul. Hors d'état de bien faire et pour moi-même et pour autrui, je m'abstiens d'agir; et cet état, qui n'est innocent que parce qu'il est forcé, me fait trouver une sorte de douceur à me livrer pleinement sans reproche à mon penchant naturel. Je vais trop loin sans doute, puisque j'évite les occasions d'agir, même où je ne vois que du bien à faire. Mais certain qu'on ne me laisse pas voir les choses comme elles sont, je m'abstiens de juger sur les apparences qu'on leur donne, et de quelque leurre qu'on couvre les motifs d'agir, il suffit que ces motifs soient laissés à ma portée pour que je sois sûr qu'ils sont trompeurs.

Ma destinée semble avoir tendu dès mon enfance le premier piège qui m'a rendu longtemps si facile à tomber dans tous les autres. Je suis né le plus confiant des hommes et durant quarante ans entiers jamais cette confiance ne fut trompée une seule fois. Tombé tout d'un coup dans un autre ordre de gens et de choses j'ai donné dans mille embûches sans jamais en apercevoir aucune, et vingt ans d'expérience ont à peine suffi pour m'éclairer sur mon sort. Une fois convaincu qu'il n'y a que mensonge et fausseté dans les démonstrations grimacières qu'on me prodigue, j'ai passé rapidement à l'autre extrémité : car quand on est une fois sorti de son naturel, il n'y a plus de bornes qui nous retiennent. Dès lors je me suis dégoûté des hommes, et ma volonté concourant avec la leur à cet égard me tient encore plus éloigné d'eux que ne font toutes leurs machines.

Ils ont beau faire : cette répugnance ne peut jamais aller jusqu'à l'aversion. En pensant à la dépendance où ils se sont mis de moi pour me tenir dans la leur ils me font une pitié réelle. Si je ne suis malheureux ils le sont eux-mêmes, et chaque fois que je rentre en moi je les trouve toujours à plaindre. L'orgueil peut-être se mêle encore à ces jugements, je me sens trop au-dessus d'eux pour les haïr. Ils peuvent m'intéresser tout au plus jusqu'au mépris, mais jamais jusqu'à la haine : enfin je m'aime trop moi-même pour pouvoir haïr qui que ce soit. Ce serait resserrer, comprimer mon existence, et je voudrais plutôt l'étendre sur tout l'univers.

J'aime mieux les fuir que les haïr. Leur aspect frappe mes sens, et par eux mon cœur d'impressions que mille regards cruels me rendent pénibles ; mais le malaise cesse aussitôt que l'objet qui le cause a disparu. Je m'occupe d'eux, et bien malgré moi par leur présence, mais jamais par leur souvenir. Quand je ne les vois plus, ils sont pour moi comme s'ils n'existaient point.

Ils ne me sont même indifférents qu'en ce qui se rapporte à moi ; car dans leurs rapports entre eux ils peuvent encore m'intéresser et m'émouvoir comme les personnages d'un drame que je verrais représenter. Il faudrait que mon être moral fût anéanti pour que la justice me devînt indifférente. Le spectacle de l'injustice et de la méchanceté me fait encore bouillir le sang de colère ; les actes de vertu où je ne vois ni forfanterie ni ostentation me font toujours tressaillir de joie et m'arrachent encore de douces larmes. Mais il faut que je les voie et les apprécie moi-même ; car après ma propre histoire il faudrait que je fusse insensé pour adopter sur quoi que ce fût le jugement des hommes, et pour croire aucune chose sur la foi d'autrui.

Si ma figure et mes traits étaient aussi parfaitement inconnus aux hommes que le sont mon caractère et mon naturel, je vivrais encore sans peine au milieu d'eux ; leur société même pourrait me plaire tant que je leur serais parfaitement étranger. Livré sans contrainte à mes inclinations naturelles, je les aimerais encore s'ils ne s'occupaient jamais de moi. J'exercerais sur eux une bienveillance universelle et parfaitement désintéressée : mais sans former jamais d'attachement particulier, et sans porter le joug d'aucun devoir, je ferais envers eux librement et de moi-même, tout ce qu'ils ont tant de peine à faire incités par leur amour-propre et contraints par toutes leurs lois.

Si j'étais resté libre, obscur, isolé, comme j'étais fait pour l'être, je n'aurais fait que du bien : car je n'ai dans le cœur le germe d'aucune passion nuisible. Si j'eusse été invisible et tout-puissant comme Dieu, j'aurais été bienfaisant et bon comme lui. C'est la force et la liberté qui font les excellents hommes. La faiblesse et l'esclavage n'ont fait jamais que des méchants. Si j'eusse été possesseur de l'anneau de Gygès, il m'eût tiré de la dépendance des hommes et les eût mis dans la mienne. Je me suis souvent demandé, dans mes châteaux en Espagne, quel usage j'aurais fait de cet anneau ; car c'est bien là que la tentation d'abuser doit être près du pouvoir. Maître de contenter mes désirs, pouvant tout sans pouvoir être trompé par personne, qu'aurais-je pu désirer avec quelque suite ? Une seule chose : c'eût été de voir tous les cœurs contents. L'aspect de la félicité publique eût pu seul toucher mon cœur d'un sentiment permanent, et l'ardent désir d'y concourir eût été ma plus constante passion. Toujours juste sans partialité et toujours bon sans faiblesse, je me serais également garanti des méfiances aveugles et des haines implacables ; parce que, voyant les hommes tels qu'ils sont et lisant aisément au fond de leurs cœurs, j'en aurais pu trouver d'assez aimables pour mériter toutes mes affections, peu d'assez odieux pour mériter toute ma haine, et que leur méchanceté même m'eût disposé à les plaindre par la connaissance certaine du mal qu'ils se font à eux-mêmes en voulant en faire à autrui. Peut-être aurais-je eu dans des moments de gaieté l'enfantillage d'opérer quelquefois des prodiges : mais parfaitement désintéressé pour moi-même et n'ayant pour loi que mes inclinations naturelles, sur quelques actes de justice sévère j'en aurais fait mille de clémence et d'équité. Ministre de la Providence et dispensateur de ses lois selon mon pouvoir, j'aurais fait des miracles plus sages et plus utiles que ceux de la légende dorée et du tombeau de saint Médard.

Il n'y a qu'un seul point sur lequel la faculté de pénétrer partout invisible m'eût pu faire chercher des tentations auxquelles j'aurais mal résisté, et une fois entré dans ces voies d'égarement où n'eussé-je point été conduit par elles ? Ce serait bien mal connaître la nature et moi-même que de me flatter que ces facilités ne m'auraient point séduit, ou que la raison m'aurait arrêté dans cette fatale pente. Sûr de moi sur tout autre article, j'étais perdu par celui-là seul. Celui que sa puissance met au-dessus de l'homme doit être au-dessus des faiblesses de l'humanité, sans quoi cet excès de force ne servira qu'à le mettre en effet au-dessous des autres et de ce qu'il eût été lui-même s'il fût resté leur égal.

Tout bien considéré, je crois que je ferai mieux de jeter mon anneau magique avant qu'il m'ait fait faire quelque sottise. Si les hommes s'obstinent à me voir tout autre que je ne suis et que mon aspect irrite leur injustice, pour leur ôter cette vue il faut les fuir, mais non pas m'éclipser au milieu d'eux. C'est à eux de se cacher devant moi, de me dérober leurs manœuvres, de fuir la lumière du jour, de s'enfoncer en terre comme des taupes. Pour moi qu'ils me voient s'ils peuvent, tant mieux, mais cela leur est impossible ; ils ne verront jamais à ma place que le Jean-Jacques qu'ils se sont fait et qu'ils ont fait selon leur cœur, pour le haïr à leur aise.

J'aurais donc tort de m'affecter de la façon dont ils me voient : je n'y dois prendre aucun intérêt véritable, car ce n'est pas moi qu'ils voient ainsi.

Le résultat que je puis tirer de toutes ces réflexions est que je n'ai jamais été vraiment propre à la société civile où tout est gêne, obligation, devoir, et que mon naturel indépendant me rendit toujours incapable des assujettissements nécessaires à qui veut vivre avec les hommes. Tant que j'agis librement je suis bon et je ne fais que du bien ; mais sitôt que je sens le joug, soit de la nécessité soit des hommes, je deviens rebelle ou plutôt rétif, alors je suis nul. Lorsqu'il faut faire le contraire de ma volonté, je ne le fais point, quoi qu'il arrive ; je ne fais pas non plus ma volonté même, parce que je suis faible. Je m'abstiens d'agir car toute ma faiblesse est pour l'action, toute ma force est négative, et tous mes péchés sont d'omission, rarement de commission. Je n'ai jamais cru que la liberté de l'homme consistât à faire ce qu'il veut, mais bien à ne jamais faire ce qu'il ne veut pas, et voilà celle que j'ai toujours réclamée, souvent conservée, et par qui j'ai été le plus en scandale à mes contemporains. Car pour eux, actifs, remuants, ambitieux, détestant la liberté dans les autres et n'en voulant point pour eux-mêmes, pourvu qu'ils fassent quelquefois leur volonté, ou plutôt qu'ils dominent celle d'autrui, ils se gênent toute leur vie à faire ce qui leur répugne et n'omettent rien de servile pour commander. Leur tort n'a donc pas été de m'écarter de la société comme un membre inutile, mais de m'en proscrire comme un membre pernicieux : car j'ai très peu fait de bien, je l'avoue, mais pour du mal, il n'en est entré dans ma volonté de ma vie, et je doute qu'il y ait aucun homme au monde qui en ait réellement moins fait que moi.

SEPTIÈME PROMENADE

Le recueil de mes longs rêves est à peine commencé, et déjà je sens qu'il touche à sa fin. Un autre amusement lui succède, m'absorbe, et m'ôte même le temps de rêver. Je m'y livre avec un engouement qui tient de l'extravagance et qui me fait rire moi-même quand j'y réfléchis ; mais je ne m'y livre pas moins, parce que dans la situation où me voilà, je n'ai plus d'autre règle de conduite que de suivre en tout mon penchant sans contrainte. Je ne peux rien à mon sort, je n'ai que des inclinations innocentes, et tous les jugements des hommes étant désormais nuls pour moi, la sagesse même veut qu'en ce qui reste à ma portée je fasse tout ce qui me flatte, soit en public soit à part moi, sans autre règle que ma fantaisie, et sans autre mesure que le peu de force qui m'est resté. Me voilà donc à mon foin pour toute nourriture, et à la botanique pour toute occupation. Déjà vieux j'en avais pris la première teinture en Suisse auprès du docteur d'Ivernois, et j'avais herborisé assez heureusement durant mes voyages pour prendre une connaissance passable du règne végétal. Mais devenu plus que sexagénaire et sédentaire à Paris, les forces commençant à me manquer pour les grandes herborisations, et d'ailleurs assez livré à ma copie de musique pour n'avoir pas besoin d'autre occupation, j'avais abandonné cet amusement qui ne m'était plus nécessaire; j'avais vendu mon herbier, j'avais vendu mes livres, content de revoir quelquefois les plantes communes que je trouvais autour de Paris dans mes promenades. Durant cet intervalle, le peu que je savais s'est presque entièrement effacé de ma mémoire, et bien plus rapidement qu'il ne s'y était gravé.

Tout d'un coup, âgé de soixante-cinq ans passés, privé du peu de mémoire que j'avais et des forces qui me restaient pour courir la campagne, sans guide, sans livres, sans jardin, sans herbier, me voilà repris de cette folie, mais avec plus d'ardeur encore que je n'en eus en m'y livrant la première fois; me voilà sérieusement occupé du sage projet d'apprendre par cœur tout le *Regnum vegetabile* de Murray et de connaître toutes les plantes connues sur la terre. Hors d'état de racheter des livres de botanique je me suis mis en devoir de transcrire ceux qu'on m'a prêtés, et résolu de refaire un herbier plus riche que le premier, en attendant que j'y mette toutes les plantes de la mer et des Alpes et de tous les arbres des Indes, je commence toujours à bon compte par le mouron, le cerfeuil, la bourrache et le séneçon; j'herborise savamment sur la cage de mes oiseaux et à chaque nouveau brin d'herbe que je rencontre, je me dis avec satisfaction : voilà toujours une plante de plus.

Je ne cherche pas à justifier le parti que je prends de suivre cette fantaisie; je la trouve très raisonnable, persuadé que dans la position où je suis me livrer aux amusements qui me flattent est une grande sagesse, et même grande vertu : c'est le moyen de ne laisser germer dans mon cœur aucun levain de vengeance ou de haine, et pour trouver encore dans ma destinée du goût à quelque amusement, il faut assurément avoir un naturel bien épuré de toutes passions irascibles. C'est me venger de mes persécuteurs à ma manière, je ne saurais les punir plus cruellement que d'être heureux malgré eux.

Oui, sans doute, la raison me permet, me prescrit même de me livrer à tout penchant qui m'attire et que

rien ne m'empêche de suivre ; mais elle ne m'apprend
pas pourquoi ce penchant m'attire, et quel attrait je puis
trouver à une vaine étude faite sans profit, sans progrès,
et qui, vieux radoteur déjà caduc et pesant, sans facilité,
sans mémoire, me ramène aux exercices de la jeunesse
et aux leçons d'un écolier. Or c'est une bizarrerie que je
voudrais m'expliquer ; il me semble que, bien éclaircie,
elle pourrait jeter quelque nouveau jour sur cette
connaissance de moi-même à l'acquisition de laquelle
j'ai consacré mes derniers loisirs.

J'ai pensé quelquefois assez profondément ; mais
rarement avec plaisir, presque toujours contre mon gré
et comme par force : la rêverie me délasse et m'amuse,
la réflexion me fatigue et m'attriste ; penser fut toujours
pour moi une occupation pénible et sans charme.
Quelquefois mes rêveries finissent par la méditation,
mais plus souvent mes méditations finissent par la
rêverie, et durant ces égarements mon âme erre et plane
dans l'univers sur les ailes de l'imagination, dans des
extases qui passent toute autre jouissance.

Tant que je goûtai celle-là dans toute sa pureté toute
autre occupation me fut toujours insipide. Mais quand
une fois, jeté dans la carrière littéraire par des impulsions étrangères, je sentis la fatigue du travail d'esprit et
l'importunité d'une célébrité malheureuse, je sentis en
même temps languir et s'attiédir mes douces rêveries, et
bientôt forcé de m'occuper malgré moi de ma triste
situation, je ne pus plus retrouver que bien rarement
ces chères extases qui durant cinquante ans m'avaient
tenu lieu de fortune et de gloire, et sans autre dépense
que celle du temps, m'avaient rendu dans l'oisiveté le
plus heureux des mortels.

J'avais même à craindre dans mes rêveries que mon
imagination effarouchée par mes malheurs ne tournât
enfin de ce côté son activité, et que le continuel sentiment de mes peines me resserrant le cœur par degrés ne
m'accablât enfin de leur poids. Dans cet état, un
instinct qui m'est naturel me faisant fuir toute idée
attristante imposa silence à mon imagination, et fixant

mon attention sur les objets qui m'environnaient me fit
pour la première fois détailler le spectacle de la nature,
que je n'avais guère contemplé jusqu'alors qu'en masse
et dans son ensemble.

Les arbres, les arbrisseaux, les plantes sont la parure
et le vêtement de la terre. Rien n'est si triste que l'aspect
d'une campagne nue et pelée qui n'étale aux yeux que
des pierres, du limon et des sables. Mais vivifiée par la
nature et revêtue de sa robe de noces au milieu du cours
des eaux et du chant des oiseaux, la terre offre à
l'homme dans l'harmonie des trois règnes un spectacle
plein de vie, d'intérêt et de charme, le seul spectacle au
monde dont ses yeux et son cœur ne se lassent jamais.

Plus un contemplateur a l'âme sensible plus il se livre
aux extases qu'excite en lui cet accord. Une rêverie
douce et profonde s'empare alors de ses sens, et il se
perd avec une délicieuse ivresse dans l'immensité de ce
beau système avec lequel il se sent identifié. Alors tous
les objets particuliers lui échappent ; il ne voit et ne sent
rien que dans le tout. Il faut que quelque circonstance
particulière resserre ses idées et circonscrive son imagination pour qu'il puisse observer par parties cet univers
qu'il s'efforçait d'embrasser.

C'est ce qui m'arriva naturellement quand mon cœur
resserré par la détresse rapprochait et concentrait tous
ses mouvements autour de lui pour conserver ce reste
de chaleur prêt à s'évaporer et s'éteindre dans l'abattement où je tombais par degrés. J'errais nonchalamment
dans les bois et dans les montagnes, n'osant penser de
peur d'attiser mes douleurs. Mon imagination qui se
refuse aux objets de peine laissait mes sens se livrer aux
impressions légères mais douces des objets environnants. Mes yeux se promenaient sans cesse de l'un à
l'autre, et il n'était pas possible que dans une variété si
grande il ne s'en trouvât qui les fixaient davantage et les
arrêtaient plus longtemps.

Je pris goût à cette récréation des yeux, qui dans
l'infortune repose, amuse, distrait l'esprit et suspend le
sentiment des peines. La nature des objets aide beau-

coup à cette diversion et la rend plus séduisante. Les
odeurs suaves, les vives couleurs, les plus élégantes
formes semblent se disputer à l'envi le droit de fixer
notre attention. Il ne faut qu'aimer le plaisir pour se
livrer à des sensations si douces, et si cet effet n'a pas
lieu sur tous ceux qui en sont frappés, c'est dans les uns
faute de sensibilité naturelle, et dans la plupart que leur
esprit, trop occupé d'autres idées, ne se livre qu'à la
dérobée aux objets qui frappent leurs sens.

Une autre chose contribue encore à éloigner du règne
végétal l'attention des gens de goût ; c'est l'habitude de
ne chercher dans les plantes que des drogues et des
remèdes. Théophraste s'y était pris autrement, et l'on
peut regarder ce philosophe comme le seul botaniste de
l'antiquité : aussi n'est-il presque point connu parmi
nous ; mais grâce à un certain Dioscoride, grand compi-
lateur de recettes, et à ses commentateurs, la médecine
s'est tellement emparée des plantes transformées en
simples qu'on n'y voit que ce qu'on n'y voit point,
savoir les prétendues vertus qu'il plaît au tiers et au
quart de leur attribuer. On ne conçoit pas que l'organisation végétale puisse par elle-même mériter quelque
attention ; des gens qui passent leur vie à arranger
savamment des coquilles se moquent de la botanique
comme d'une étude inutile quand on n'y joint pas,
comme ils disent, celle des propriétés, c'est-à-dire
quand on n'abandonne pas l'observation de la nature
qui ne ment point et qui ne nous dit rien de tout cela,
pour se livrer uniquement à l'autorité des hommes qui
sont menteurs et qui nous affirment beaucoup de
choses qu'il faut croire sur leur parole, fondée elle-
même le plus souvent sur l'autorité d'autrui. Arrêtez-
vous dans une prairie émaillée à examiner successivement les fleurs dont elle brille, ceux qui vous verront
faire, vous prenant pour un frater, vous demanderont
des herbes, pour guérir la rogne des enfants, la gale des
hommes ou la morve des chevaux. Ce dégoûtant pré-
jugé est détruit en partie dans les autres pays et surtout
en Angleterre grâce à Linnæus qui a un peu tiré la

botanique des écoles de pharmacie pour la rendre à l'histoire naturelle et aux usages économiques ; mais en France où cette étude a moins pénétré chez les gens du monde, on est resté sur ce point tellement barbare qu'un bel esprit de Paris voyant à Londres un jardin de curieux plein d'arbres et de plantes rares s'écria pour tout éloge : « Voilà un fort beau jardin d'apothicaire ! » A ce compte le premier apothicaire fut Adam. Car il n'est pas aisé d'imaginer un jardin mieux assorti de plantes que celui d'Eden.

13 Ces idées médicinales ne sont assurément guère propres à rendre agréable l'étude de la botanique, elles flétrissent l'émail des prés, l'éclat des fleurs, dessèchent la fraîcheur des bocages, rendent la verdure et les ombrages insipides et dégoûtants ; toutes ces structures charmantes et gracieuses intéressent fort peu quiconque ne veut que piler tout cela dans un mortier, et l'on n'ira pas chercher des guirlandes pour les bergères parmi des herbes pour les lavements.

14. Toute cette pharmacie ne souillait point mes images champêtres ; rien n'en était plus éloigné que des tisanes et des emplâtres. J'ai souvent pensé en regardant de près les champs, les vergers, les bois et leurs nombreux habitants, que le règne végétal était un magasin d'aliments donnés par la nature à l'homme et aux animaux. Mais jamais il ne m'est venu à l'esprit d'y chercher des drogues et des remèdes. Je ne vois rien dans ses diverses productions qui m'indique un pareil usage, et elle nous aurait montré le choix si elle nous l'avait prescrit, comme elle a fait pour les comestibles. Je sens même que le plaisir que je prends à parcourir les bocages serait empoisonné par le sentiment des infirmités humaines s'il me laissait penser à la fièvre, à la pierre, à la goutte, et au mal caduc. Du reste je ne disputerai point aux végétaux les grandes vertus qu'on leur attribue ; je dirai seulement qu'en supposant ces vertus réelles c'est malice pure aux malades de continuer à l'être ; car de tant de maladies que les hommes se donnent il n'y en a pas une seule dont vingt sortes d'herbes ne guérissent radicalement.

15 Ces tournures d'esprit qui rapportent toujours tout à notre intérêt matériel, qui font chercher partout du profit ou des remèdes, et qui feraient regarder avec indifférence toute la nature si l'on se portait toujours bien, n'ont jamais été les miennes. Je me sens là-dessus tout à rebours des autres hommes : tout ce qui tient au sentiment de mes besoins attriste et gâte mes pensées, et jamais je n'ai trouvé de vrai charme aux plaisirs de l'esprit qu'en perdant tout à fait de vue l'intérêt de mon corps. Ainsi quand même je croirais à la médecine, et quand même ses remèdes seraient agréables, je ne trouverais jamais à m'en occuper ces délices que donne une contemplation pure et désintéressée, et mon âme ne saurait s'exalter et planer sur la nature, tant que je la sens tenir aux liens de mon corps. D'ailleurs, sans avoir eu jamais grande confiance à la médecine j'en ai eu beaucoup à des médecins que j'estimais, que j'aimais, et à qui je laissais gouverner ma carcasse avec pleine autorité. Quinze ans d'expérience m'ont instruit à mes dépens ; rentré maintenant sous les seules lois de la nature, j'ai repris par elle ma première santé. Quand les médecins n'auraient point contre moi d'autres griefs, qui pourrait s'étonner de leur haine ? Je suis la preuve vivante de la vanité de leur art et de l'inutilité de leurs soins.

16 Non, rien de personnel, rien qui tienne à l'intérêt de mon corps ne peut occuper vraiment mon âme. Je ne médite, je ne rêve jamais plus délicieusement que quand je m'oublie moi-même. Je sens des extases, des ravissements inexprimables à me fondre pour ainsi dire dans le système des êtres, à m'identifier avec la nature entière. Tant que les hommes furent mes frères, je me faisais des projets de félicité terrestre ; ces projets étant toujours relatifs au tout, je ne pouvais être heureux que de la félicité publique, et jamais l'idée d'un bonheur particulier n'a touché mon cœur que quand j'ai vu mes frères ne chercher le leur que dans ma misère. Alors pour ne les pas haïr il a bien fallu les fuir ; alors me réfugiant chez la mère commune j'ai cherché dans ses

bras à me soustraire aux atteintes de ses enfants, je suis devenu solitaire, ou, comme ils disent, insociable et misanthrope, parce que la plus sauvage solitude me paraît préférable à la société des méchants, qui ne se nourrit que de trahisons et de haine.

Forcé de m'abstenir de penser, de peur de penser à mes malheurs malgré moi ; forcé de contenir les restes d'une imagination riante mais languissante, que tant d'angoisses pourraient effaroucher à la fin ; forcé de tâcher d'oublier les hommes, qui m'accablent d'ignominies et d'outrages, de peur que l'indignation ne m'aigrît enfin contre eux, je ne puis cependant me concentrer tout entier en moi-même, parce que mon âme expansive cherche malgré que j'en aie à étendre ses sentiments et son existence sur d'autres êtres, et je ne puis plus comme autrefois me jeter tête baissée dans ce vaste océan de la nature, parce que mes facultés affaiblies et relâchées ne trouvent plus d'objets assez déterminés, assez fixes, assez à ma portée pour s'y attacher fortement, et que je ne me sens plus assez de vigueur pour nager dans le chaos de mes anciennes extases. Mes idées ne sont presque plus que des sensations, et la sphère de mon entendement ne passe pas les objets dont je suis immédiatement entouré.

Fuyant les hommes, cherchant la solitude, n'imaginant plus, pensant encore moins, et cependant doué d'un tempérament vif qui m'éloigne de l'apathie languissante et mélancolique, je commençai de m'occuper de tout ce qui m'entourait et par un instinct fort naturel je donnai la préférence aux objets les plus agréables. Le règne minéral n'a rien en soi d'aimable et d'attrayant ; ses richesses enfermées dans le sein de la terre semblent avoir été éloignées des regards des hommes pour ne pas tenter leur cupidité. Elles sont là comme en réserve pour servir un jour de supplément aux véritables richesses qui sont plus à sa portée et dont il perd le goût à mesure qu'il se corrompt. Alors il faut qu'il appelle l'industrie, la peine et le travail au secours de ses misères ; il fouille les entrailles de la terre, il va chercher dans son centre aux risques de sa vie et aux dépens de sa santé des biens imaginaires à la place des biens réels qu'elle lui offrait d'elle-même quand il savait en jouir. Il fuit le soleil et le jour qu'il n'est plus digne de voir ; il s'enterre tout vivant et fait bien, ne méritant plus de vivre à la lumière du jour. Là, des carrières, des gouffres, des forges, des fourneaux, un appareil d'enclumes, de marteaux, de fumée et de feu, succèdent aux douces images des travaux champêtres. Les visages hâves des malheureux qui languissent dans les infectes vapeurs des mines, de noirs forgerons, de hideux cyclopes, sont le spectacle que l'appareil des mines substitue, au sein de la terre, à celui de la verdure et des fleurs, du ciel azuré, des bergers amoureux et des laboureurs robustes, sur sa surface.

Il est aisé, je l'avoue, d'aller ramassant du sable et des pierres, d'en remplir ses poches et son cabinet et de se donner avec cela les airs d'un naturaliste : mais ceux qui s'attachent et se bornent à ces sortes de collections sont pour l'ordinaire de riches ignorants qui ne cherchent à cela que le plaisir de l'étalage. Pour profiter dans l'étude des minéraux, il faut être chimiste et physicien ; il faut faire des expériences pénibles et coûteuses, travailler dans des laboratoires, dépenser beaucoup d'argent et de temps parmi le charbon, les creusets, les fourneaux, les cornues, dans la fumée et les vapeurs étouffantes, toujours au risque de sa vie et souvent aux dépens de sa santé. De tout ce triste et fatigant travail résulte pour l'ordinaire beaucoup moins de savoir que d'orgueil, et où est le plus médiocre chimiste qui ne croie pas avoir pénétré toutes les grandes opérations de la nature pour avoir trouvé par hasard peut-être quelques petites combinaisons de l'art ?

Le règne animal est plus à notre portée et certainement mérite encore mieux d'être étudié. Mais enfin cette étude n'a-t-elle pas aussi ses difficultés, ses embarras, ses dégoûts et ses peines. Surtout pour un solitaire qui n'a, ni dans ses jeux ni dans ses travaux, d'assis-

tance à espérer de personne. Comment observer, disséquer, étudier, connaître les oiseaux dans les airs, les
poissons dans les eaux, les quadrupèdes plus légers que
le vent, plus forts que l'homme et qui ne sont pas plus
disposés à venir s'offrir à mes recherches que moi de
courir après eux pour les y soumettre de force ? J'aurais
donc pour ressource des escargots, des vers, des
mouches, et je passerais ma vie à me mettre hors
d'haleine pour courir après des papillons, à empaler de
pauvres insectes, à disséquer des souris quand j'en
pourrais prendre ou les charognes des bêtes que par
hasard je trouverais mortes. L'étude des animaux n'est
rien sans l'anatomie ; c'est par elle qu'on apprend à les
classer, à distinguer les genres, les espèces. Pour les
étudier par leurs mœurs, par leurs caractères, il faudrait
avoir des volières, des viviers, des ménageries ; il faudrait les contraindre en quelque manière que ce pût être
à rester rassemblés autour de moi. Je n'ai ni le goût ni
les moyens de les tenir en captivité, ni l'agilité nécessaire pour les suivre dans leurs allures quand ils sont en
liberté. Il faudra donc les étudier morts, les déchirer,
les désosser, fouiller à loisir dans leurs entrailles pal-
pitantes ! Quel appareil affreux qu'un amphithéâtre
anatomique : des cadavres puants, de baveuses et li-
vides chairs, du sang, des intestins dégoûtants, des
squelettes affreux, des vapeurs pestilentielles ! Ce n'est
pas là, sur ma parole, que Jean-Jacques ira chercher ses
amusements.

Brillantes fleurs, émail des prés, ombrages frais,
ruisseaux, bosquets, verdure, venez purifier mon imagination salie par tous ces hideux objets. Mon âme
morte à tous les grands mouvements ne peut plus
s'affecter que par des objets sensibles ; je n'ai plus que
des sensations, et ce n'est plus que par elles que la peine
ou le plaisir peuvent m'atteindre ici-bas. Attiré par les
riants objets qui m'entourent, je les considère, je les
contemple, je les compare, j'apprends enfin à les classer, et me voilà tout d'un coup aussi botaniste qu'a

besoin de l'être celui qui ne veut étudier la nature que
pour trouver sans cesse de nouvelles raisons de l'aimer.
Je ne cherche point à m'instruire : il est trop tard.
D'ailleurs je n'ai jamais vu que tant de science contri-
buât au bonheur de la vie. Mais je cherche à me donner
des amusements doux et simples que je puisse goûter
sans peine et qui me distraient de mes malheurs. Je n'ai
ni dépense à faire ni peine à prendre pour errer nonchalamment d'herbe en herbe, de plante en plante, pour les
examiner, pour comparer leurs divers caractères, pour
marquer leurs rapports et leurs différences, enfin pour
observer l'organisation végétale de manière à suivre la
marche et le jeu de ces machines vivantes, à chercher
quelquefois avec succès leurs lois générales, la raison et
la fin de leurs structures diverses, et à me livrer au
charme de l'admiration reconnaissante pour la main qui
me fait jouir de tout cela.

Les plantes semblent avoir été semées avec profusion
sur la terre, comme les étoiles dans le ciel, pour inviter
l'homme par l'attrait du plaisir et de la curiosité à
l'étude de la nature ; mais les astres sont placés loin de
nous ; il faut des connaissances préliminaires, des instruments, des machines, de bien longues échelles pour
les atteindre et les rapprocher à notre portée. Les
plantes y sont naturellement. Elles naissent sous nos
pieds, et dans nos mains pour ainsi dire, et si la petitesse
de leurs parties essentielles les dérobe quelquefois à la
simple vue, les instruments qui les y rendent sont d'un
beaucoup plus facile usage que ceux de l'astronomie.
La botanique est l'étude d'un oisif et paresseux solitaire : une pointe et une loupe sont tout l'appareil dont
il a besoin pour les observer. Il se promène, il erre
librement d'un objet à l'autre, il fait la revue de chaque
fleur avec intérêt et curiosité, et sitôt qu'il commence à
saisir les lois de leur structure il goûte à les observer un
plaisir sans peine aussi vif que s'il lui en coûtait beaucoup. Il y a dans cette oiseuse occupation un charme
qu'on ne sent que dans le plein calme des passions mais
qui suffit seul alors pour rendre la vie heureuse et

douce : mais sitôt qu'on y mêle un motif d'intérêt ou de vanité, soit pour remplir des places ou pour faire des livres, sitôt qu'on ne veut apprendre que pour instruire, qu'on n'herborise que pour devenir auteur ou professeur, tout ce doux charme s'évanouit, on ne voit plus dans les plantes que des instruments de nos passions, on ne trouve plus aucun vrai plaisir dans leur étude, on ne veut plus savoir mais montrer qu'on sait, et dans les bois on n'est que sur le théâtre du monde, occupé du soin de s'y faire admirer ; ou bien se bornant à la botanique de cabinet et de jardin tout au plus, au lieu d'observer les végétaux dans la nature, on ne s'occupe que de systèmes et de méthodes ; matière éternelle de dispute qui ne fait pas connaître une plante de plus et ne jette aucune véritable lumière sur l'histoire naturelle et le règne végétal. De là les haines, les jalousies, que la concurrence de célébrité excite chez les botanistes auteurs autant et plus que chez les autres savants. En dénaturant cette aimable étude, ils la transplantent au milieu des villes et des académies où elle ne dégénère pas moins que les plantes exotiques dans les jardins des curieux.

Des dispositions bien différentes ont fait pour moi de cette étude une espèce de passion qui remplit le vide de toutes celles que je n'ai plus. Je gravis les rochers, les montagnes, je m'enfonce dans les vallons, dans les bois, pour me dérober autant qu'il est possible au souvenir des hommes et aux atteintes des méchants. Il me semble que sous les ombrages d'une forêt je suis oublié, libre et paisible comme si je n'avais plus d'ennemis ou que le feuillage des bois dût me garantir de leurs atteintes, comme il les éloigne de mon souvenir, et je m'imagine dans ma bêtise qu'en ne pensant point à eux ils ne penseront point à moi. Je trouve une si grande douceur dans cette illusion que je m'y livrerais tout entier si ma situation, ma faiblesse et mes besoins me le permettaient. Plus la solitude où je vis alors est profonde, plus il faut que quelque objet en remplisse le vide, et ceux que mon imagination me refuse ou que ma

mémoire repousse sont suppléés par les productions
spontanées que la terre, non forcée par les hommes,
offre à mes yeux de toutes parts. Le plaisir d'aller dans
un désert chercher de nouvelles plantes couvre celui
d'échapper à des persécuteurs; et parvenu dans des
lieux où je ne vois nulles traces d'hommes je respire
plus à mon aise comme dans un asile où leur haine ne
me poursuit plus.

Je me rappellerai toute ma vie une herborisation que
je fis un jour du côté de la Robaila, montagne du
justicier Clerc. J'étais seul, je m'enfonçai dans les
anfractuosités de la montagne, et de bois en bois, de
roche en roche, je parvins à un réduit si caché que je
n'ai vu de ma vie un aspect plus sauvage. De noirs
sapins entremêlés de hêtres prodigieux, dont plusieurs
tombés de vieillesse et entrelacés les uns dans les autres,
fermaient ce réduit de barrières impénétrables; quelques intervalles que laissait cette sombre enceinte
n'offraient au-delà que des roches coupées à pic et
d'horribles précipices que je n'osais regarder qu'en me
couchant sur le ventre. Le duc, la chevêche et l'orfraie
faisaient entendre leurs cris dans les fentes de la montagne, quelques petits oiseaux rares mais familiers tem-
péraient cependant l'horreur de cette solitude. Là je
trouvai la *Dentaire heptaphyllos*, le *Ciclamen*, le *Nidus
avis*, le grand *Lacerpitium* et quelques autres plantes qui
me charmèrent et m'amusèrent longtemps. Mais insensiblement dominé par la forte impression des objets,
j'oubliai la botanique et les plantes, je m'assis sur des
oreillers de *Lycopodium* et de mousses, et je me mis à
rêver plus à mon aise en pensant que j'étais là dans un
refuge ignoré de tout l'univers où les persécuteurs ne
me déterreraient pas. Un mouvement d'orgueil se mêla
bientôt à cette rêverie. Je me comparais à ces grands
voyageurs qui découvrent une île déserte, et je me disais
avec complaisance : sans doute je suis le premier mortel
qui ait pénétré jusqu'ici; je me regardais presque
comme un autre Colomb. Tandis que je me pavanais
dans cette idée, j'entendis peu loin de moi un certain

cliquetis que je crus reconnaître ; j'écoute : le même
bruit se répète et se multiplie. Surpris et curieux je me
lève, je perce à travers un fourré de broussailles du côté
d'où venait le bruit, et dans une combe à vingt pas du
lieu même où je croyais être parvenu le premier j'aperçois une manufacture de bas.

Je ne saurais exprimer l'agitation confuse et contra-
dictoire que je sentis dans mon cœur à cette découverte.
Mon premier mouvement fut un sentiment de joie de
me retrouver parmi des humains où je m'étais cru
totalement seul. Mais ce mouvement, plus rapide que
l'éclair, fit bientôt place à un sentiment douloureux
plus durable, comme ne pouvant dans les antres mêmes
des Alpes échapper aux cruelles mains des hommes
acharnés à me tourmenter. Car j'étais bien sûr qu'il n'y
avait peut-être pas deux hommes dans cette fabrique
qui ne fussent initiés dans le complot dont le prédi-
cant Montmollin s'était fait le chef, et qui tirait de plus
loin ses premiers mobiles. Je me hâtai d'écarter cette
triste idée et je finis par rire en moi-même, et de ma
vanité puérile, et de la manière comique dont j'en
avais été puni.

Mais en effet qui jamais eût dû s'attendre à trouver
une manufacture dans un précipice. Il n'y a que la
Suisse au monde qui présente ce mélange de la nature
sauvage et de l'industrie humaine. La Suisse entière
n'est pour ainsi dire qu'une grande ville, dont les rues
larges et longues plus que celle de Saint-Antoine, sont
semées de forêts, coupées de montagnes, et dont les
maisons éparses et isolées ne communiquent entre elles
que par des jardins anglais. Je me rappelai à ce sujet une
autre herborisation que Du Peyrou, d'Escherny, le
colonel Pury, le justicier Clerc et moi, avions faite il y
avait quelque temps sur la montagne de Chasseron, du
sommet de laquelle on découvre sept lacs. On nous dit
qu'il n'y avait qu'une seule maison sur cette montagne,
et nous n'eussions sûrement pas deviné la profession de
celui qui l'habitait, si l'on n'eût ajouté que c'était un
libraire, et qui même faisait fort bien ses affaires dans le

pays. Il me semble qu'un seul fait de cette espèce fait mieux connaître la Suisse que toutes les descriptions des voyageurs.

En voici un autre de même nature ou à peu près qui ne fait pas moins connaître un peuple fort différent. Durant mon séjour à Grenoble je faisais souvent de petites herborisations hors de la ville avec le sieur Bovier, avocat de ce pays-là ; non pas qu'il aimât ni sût la botanique, mais parce que s'étant fait mon garde de la manche, il se faisait autant que la chose était possible une loi de ne pas me quitter d'un pas. Un jour nous nous promenions le long de l'Isère dans un lieu tout plein de saule épineux. Je vis sur ces arbrisseaux des fruits mûrs, j'eus la curiosité d'en goûter et leur trouvant une petite acidité très agréable, je me mis à manger de ces grains pour me rafraîchir ; le sieur Bovier se tenait à côté de moi sans m'imiter et sans rien dire. Un de ses amis survint, qui me voyant picorer ces grains me dit : « Eh ! monsieur, que faites-vous là ? Ignorez-vous que ce fruit empoisonne ? — Ce fruit empoisonne ? m'écriai-je tout surpris ! — Sans doute, reprit-il ; et tout le monde sait si bien cela que personne dans le pays ne s'avise d'en goûter. » Je regardai le sieur Bovier et je lui dis : « Pourquoi donc ne m'avertissiez-vous pas ? Ah, monsieur, me répondit-il d'un ton respectueux, je n'osais pas prendre cette liberté. » Je me mis à rire de cette humilité dauphinoise, en discontinuant néanmoins ma petite collation. J'étais persuadé, comme je le suis encore, que toute production naturelle agréable au goût ne peut être nuisible au corps ou ne l'est du moins que par son excès. Cependant j'avoue que je m'écoutai un peu tout le reste de la journée : mais j'en fus quitte pour un peu d'inquiétude ; je soupai très bien, dormis mieux, et me levai le matin en parfaite santé, après avoir avalé la veille quinze ou vingt grains de ce terrible *Hippophaé*, qui empoisonne à très petite dose, à ce que tout le monde me dit à Grenoble le lendemain. Cette aventure me parut si plaisante que je ne me la rappelle jamais sans rire de la singulière discrétion de M. l'avocat Bovier.

Toutes mes courses de botanique, les diverses impressions du local des objets qui m'ont frappé, les idées qu'il m'a fait naître, les incidents qui s'y sont mêlés, tout cela m'a laissé des impressions qui se renouvellent par l'aspect des plantes herborisées dans ces mêmes lieux. Je ne reverrai plus ces beaux paysages, ces forêts, ces lacs, ces bosquets, ces rochers, ces montagnes, dont l'aspect a toujours touché mon cœur : mais maintenant que je ne peux plus courir ces heureuses contrées je n'ai qu'à ouvrir mon herbier et bientôt il m'y transporte. Les fragments des plantes que j'y ai cueillies suffisent pour me rappeler tout ce magnifique spectacle. Cet herbier est pour moi un journal d'herborisation qui me les fait recommencer avec un nouveau charme et produit l'effet d'une optique qui les peindrait derechef à mes yeux.

C'est la chaîne des idées accessoires qui m'attache à la botanique. Elle rassemble et rappelle à mon imagination toutes les idées qui la flattent davantage. Les prés, les eaux, les bois, la solitude, la paix surtout et le repos qu'on trouve au milieu de tout cela sont retracés par elle incessamment à ma mémoire. Elle me fait oublier les persécutions des hommes, leur haine, leurs mépris, leurs outrages, et tous les maux dont ils ont payé mon tendre et sincère attachement pour eux. Elle me transporte dans des habitations paisibles au milieu de gens simples et bons tels que ceux avec qui j'ai vécu jadis. Elle me rappelle et mon jeune âge et mes innocents plaisirs, elle m'en fait jouir derechef, et me rend heureux bien souvent encore au milieu du plus triste sort qu'ait subi jamais un mortel.

HUITIÈME PROMENADE

– like photo album, (but not frozen moments)

← journal= loupe. (portal to renewal).
  A walk w/o a single step.

→ Escape.
→ away from the pain (without drugs).
→ using not words but extasy

– Attaching to people leads to pain
  "   "   plants – reverelr
  Now-a-days!
       ↳ Youth was good & innocent
            His illiteracy = language gave him the power
                                    & the pain.

The first time through we don't know what happened
to us.

En méditant sur les dispositions de mon âme dans toutes les situations de ma vie, je suis extrêmement frappé de voir si peu de proportion entre les diverses combinaisons de ma destinée et les sentiments habituels de bien ou mal être dont elles m'ont affecté. Les divers intervalles de mes courtes prospérités ne m'ont laissé presque aucun souvenir agréable de la manière intime et permanente dont elles m'ont affecté, et au contraire, dans toutes les misères de ma vie je me sentais constamment rempli de sentiments tendres, touchants, délicieux, qui versant un baume salutaire sur les blessures de mon cœur navré semblaient en convertir la douleur en volupté, et dont l'aimable souvenir me revient seul, dégagé de celui des maux que j'éprouvais en même temps. Il me semble que j'ai plus goûté la douceur de l'existence, que j'ai réellement plus vécu quand mes sentiments resserrés, pour ainsi dire, autour de mon cœur par ma destinée, n'allaient point s'évaporant au-dehors sur tous les objets de l'estime des hommes, qui en méritent si peu par eux-mêmes, et qui font l'unique occupation des gens que l'on croit heureux.

Quand tout était dans l'ordre autour de moi, quand j'étais content de tout ce qui m'entourait et de la sphère dans laquelle j'avais à vivre, je la remplissais de mes affections. Mon âme expansive s'étendait sur d'autres objets, et sans cesse attiré loin de moi par des goûts de mille espèces, par des attachements aimables qui sans cesse occupaient mon cœur, je m'oubliais en quelque façon moi-même, j'étais tout entier à ce qui m'était étranger et j'éprouvais dans la continuelle agitation de mon cœur toute la vicissitude des choses humaines. Cette vie orageuse ne me laissait ni paix au-dedans, ni repos au-dehors..Heureux en apparence, je n'avais pas un sentiment qui pût soutenir l'épreuve de la réflexion et dans lequel je pusse vraiment me complaire. Jamais je n'étais parfaitement content ni d'autrui ni de moi-même. Le tumulte du monde m'étourdissait, la solitude m'ennuyait, j'avais sans cesse besoin de changer de place et je n'étais bien nulle part. J'étais fêté pourtant, bien voulu, bien reçu, caressé partout. Je n'avais pas un ennemi, pas un malveillant, pas un envieux. Comme on ne cherchait qu'à m'obliger j'avais souvent le plaisir d'obliger moi-même beaucoup de monde, et sans bien, sans emploi, sans fauteurs, sans grands talents bien développés ni bien connus, je jouissais des avantages attachés à tout cela, et je ne voyais personne dans aucun état dont le sort me parût préférable au mien. Que me manquait-il donc pour être heureux ; je l'ignore ; mais je sais que je ne l'étais pas.

Que me manque-t-il aujourd'hui pour être le plus infortuné des mortels ? Rien de tout ce que les hommes ont pu mettre du leur pour cela. Eh bien, dans cet état déplorable je ne changerais pas encore d'être et de destinée contre le plus fortuné d'entre eux, et j'aime encore mieux être moi dans toute ma misère que d'être aucun de ces gens-là dans toute leur prospérité. Réduit à moi seul, je me nourris, il est vrai, de ma propre substance, mais elle ne s'épuise pas et je me suffis à moi-même, quoique je rumine pour ainsi dire à vide et que mon imagination tarie et mes idées éteintes ne fournissent plus d'aliments à mon cœur. Mon âme offusquée, obstruée par mes organes, s'affaisse de jour en jour et sous le poids de ces lourdes masses n'a plus

assez de vigueur pour s'élancer comme autrefois hors
de sa vieille enveloppe.

C'est à ce retour sur nous-mêmes que nous force
l'adversité, et c'est peut-être là ce qui la rend le plus
insupportable à la plupart des hommes. Pour moi qui
ne trouve à me reprocher que des fautes, j'en accuse ma
faiblesse et je me console ; car jamais mal prémédité
n'approcha de mon cœur.

Cependant à moins d'être stupide comment contempler un moment ma situation sans la voir aussi horrible
qu'ils l'ont rendue, et sans périr de douleur et de
désespoir ? Loin de cela, moi le plus sensible des êtres,
je la contemple et ne m'en émeus pas ; et sans combats,
sans efforts sur moi-même, je me vois presque avec
indifférence dans un état dont nul autre homme peut-
être ne supporterait l'aspect sans effroi.

Comment en suis-je venu là ? car j'étais bien loin de
cette disposition paisible au premier soupçon du
complot dont j'étais enlacé depuis longtemps sans m'en
être aucunement aperçu. Cette découverte nouvelle me
bouleversa. L'infamie et la trahison me surprirent au
dépourvu. Quelle âme honnête est préparée à de tels
genres de peines, il faudrait les mériter pour les prévoir.
Je tombai dans tous les pièges qu'on creusa sous mes
pas, l'indignation, la fureur, le délire, s'emparèrent de
moi, je perdis la tramontane, ma tête se bouleversa, et
dans les ténèbres horribles où l'on n'a cessé de me tenir
plongé, je n'aperçus plus ni lueur pour me conduire, ni
appui ni prise où je pusse me tenir ferme et résister au
désespoir qui m'entraînait.

Comment vivre heureux et tranquille dans cet état
affreux ? J'y suis pourtant encore et plus enfoncé que
jamais, et j'y ai retrouvé le calme et la paix, et j'y vis
heureux et tranquille, et j'y ris des incroyables tour-
ments que mes persécuteurs se donnent en vain sans
cesse, tandis que je reste en paix, occupé de fleurs,
d'étamines et d'enfantillages, et que je ne songe pas
même à eux.

Comment s'est fait ce passage ? Naturellement,

insensiblement et sans peine. La première surprise fut
épouvantable. Moi qui me sentais digne d'amour et
d'estime, moi qui me croyais honoré, chéri comme je
méritais de l'être, je me vis travesti tout d'un coup en
un monstre affreux tel qu'il n'en exista jamais. Je vois
toute une génération se précipiter tout entière dans
cette étrange opinion, sans explication, sans doute, sans
honte, et sans que je puisse au moins parvenir à savoir
jamais la cause de cette étrange révolution. Je me
débattis avec violence et ne fis que mieux m'enlacer. Je
voulus forcer mes persécuteurs à s'expliquer avec moi ;
ils n'avaient garde. Après m'être longtemps tourmenté
sans succès, il fallut bien prendre haleine. Cependant
j'espérais toujours ; je me disais : un aveuglement si
stupide, une si absurde prévention, ne saurait gagner
tout le genre humain. Il y a des hommes de sens qui ne
partagent pas ce délire ; il y a des âmes justes qui
détestent la fourberie et les traîtres. Cherchons, je
trouverai peut-être enfin un homme ; si je le trouve,
ils sont confondus. J'ai cherché vainement, je ne l'ai
point trouvé. La ligue est universelle, sans exception,
sans retour, et je suis sûr d'achever mes jours dans
cette affreuse proscription, sans jamais en pénétrer le
mystère.

C'est dans cet état déplorable qu'après de longues
angoisses, au lieu du désespoir qui semblait devoir être
enfin mon partage, j'ai retrouvé la sérénité, la tranquillité, la paix, le bonheur même, puisque chaque jour de
ma vie me rappelle avec plaisir celui de la veille, et que
je n'en désire point d'autre pour le lendemain.

D'où vient cette différence ? D'une seule chose. C'est
que j'ai appris à porter le joug de la nécessité sans
murmure. C'est que je m'efforçai de tenir encore à mille
choses et que toutes ces prises m'ayant successivement
échappé, réduit à moi seul j'ai repris enfin mon assiette.
Pressé de tous côtés, je demeure en équilibre parce que
ne m'attachant plus à rien je ne m'appuie que sur moi.

Quand je m'élevais avec tant d'ardeur contre l'opinion, je portais encore son joug sans que je m'en

aperçusse. On veut être estimé des gens qu'on estime et
tant que je pus juger avantageusement des hommes ou
du moins de quelques hommes, les jugements qu'ils
portaient de moi ne pouvaient m'être indifférents. Je
voyais que souvent les jugements du public sont équi-
tables ; mais je ne voyais pas que cette équité même était
l'effet du hasard, que les règles sur lesquelles les
hommes fondent leurs opinions ne sont tirées que de
leurs passions ou de leurs préjugés qui en sont
l'ouvrage, et que lors même qu'ils jugent bien, souvent
encore ces bons jugements naissent d'un mauvais principe, comme lorsqu'ils feignent d'honorer en quelque
succès le mérite d'un homme non par esprit de justice
mais pour se donner un air impartial en calomniant tout
à leur aise le même homme sur d'autres points.

Mais quand, après de longues et vaines recherches, je
les vis tous rester sans exception dans le plus inique et
absurde système qu'un esprit infernal pût inventer ;
quand je vis qu'à mon égard la raison était bannie de
toutes les têtes et l'équité de tous les cœurs ; quand je vis
une génération frénétique se livrer tout entière à
l'aveugle fureur de ses guides contre un infortuné qui
jamais ne fit, ne voulut, ne rendit de mal à personne ;
quand après avoir vainement cherché un homme il
fallut éteindre enfin ma lanterne et m'écrier : il n'y en a
plus ; alors je commençai à me voir seul sur la terre, et je
compris que mes contemporains n'étaient par rapport à
moi que des êtres mécaniques qui n'agissaient que par
impulsion et dont je ne pouvais calculer l'action que par
les lois du mouvement. Quelque intention, quelque
passion que j'eusse pu supposer dans leurs âmes, elles
n'auraient jamais expliqué leur conduite à mon égard
d'une façon que je pusse entendre. C'est ainsi que leurs
dispositions intérieures cessèrent d'être quelque chose
pour moi ; je ne vis plus en eux que des masses
différemment mues, dépourvues à mon égard de toute
moralité.

Dans tous les maux qui nous arrivent, nous regar-
dons plus à l'intention qu'à l'effet. Une tuile qui tombe

d'un toit peut nous blesser davantage mais ne nous
navre pas tant qu'une pierre lancée à dessein par une
main malveillante. Le coup porte à faux quelquefois
mais l'intention ne manque jamais son atteinte. La
douleur matérielle est ce qu'on sent le moins dans les
atteintes de la fortune, et quand les infortunés ne savent
à qui s'en prendre de leurs malheurs ils s'en prennent à
la destinée qu'ils personnifient et à laquelle ils prêtent
des yeux et une intelligence pour les tourmenter à
dessein. C'est ainsi qu'un joueur dépité par ses pertes se
met en fureur sans savoir contre qui. Il imagine un sort
qui s'acharne à dessein sur lui pour le tourmenter, et
trouvant un aliment à sa colère, il s'anime et
s'enflamme contre l'ennemi qu'il s'est créé. L'homme
sage, qui ne voit dans tous les malheurs qui lui arrivent
que les coups de l'aveugle nécessité, n'a point ces
agitations insensées ; il crie dans sa douleur mais sans
emportement, sans colère ; il ne sent du mal dont il est
la proie que l'atteinte matérielle, et les coups qu'il reçoit
ont beau blesser sa personne, pas un n'arrive jusqu'à
son cœur.

C'est beaucoup d'en être venu là mais ce n'est pas
tout si l'on s'arrête. C'est bien avoir coupé le mal mais
c'est avoir laissé la racine. Car cette racine n'est pas
dans les êtres qui nous sont étrangers, elle est en
nous-mêmes et c'est là qu'il faut travailler pour l'arracher tout à fait. Voilà ce que je sentis parfaitement dès
que je commençai à revenir à moi. Ma raison ne me
montrant qu'absurdité dans toutes les explications que
je cherchais à donner à ce qui m'arrive, je compris que
les causes, les instruments, les moyens de tout cela
m'étant inconnus et inexplicables, devaient être nuls
pour moi. Que je devais regarder tous les détails de ma
destinée comme autant d'actes d'une pure fatalité où je
ne devais supposer ni direction, ni intention, ni cause
morale ; qu'il fallait m'y soumettre sans raisonner et
sans regimber parce que cela serait inutile ; que tout ce
que j'avais à faire encore sur la terre étant de m'y
regarder comme un être purement passif, je ne devais

point user à résister inutilement à ma destinée la force
qui me restait pour la supporter. Voilà ce que je me
disais. Ma raison, mon cœur y acquiesçaient et néanmoins je sentais ce cœur murmurer encore. D'où venait
ce murmure ? Je le cherchai, je le trouvai ; il venait de
l'amour-propre qui après s'être indigné contre les
hommes se soulevait encore contre la raison.

Cette découverte n'était pas si facile à faire qu'on
pourrait croire, car un innocent persécuté prend longtemps pour un pur amour de la justice l'orgueil de son
petit individu. Mais aussi la véritable source une fois
bien connue est facile à tarir ou du moins à détourner.
L'estime de soi-même est le plus grand mobile des âmes
fières ; l'amour-propre, fertile en illusions, se déguise et
se fait prendre pour cette estime ; mais quand la fraude
enfin se découvre et que l'amour-propre ne peut plus se
cacher, dès lors il n'est plus à craindre et quoiqu'on
l'étouffe avec peine on le subjugue au moins aisément.

Je n'eus jamais beaucoup de pente à l'amour-propre ;
mais cette passion factice s'était exaltée en moi dans le
monde, et surtout quand je fus auteur ; j'en avais
peut-être encore moins qu'un autre mais j'en avais
prodigieusement. Les terribles leçons que j'ai reçues
l'ont bientôt renfermé dans ses premières bornes ; il
commença par se révolter contre l'injustice mais il a fini
par la dédaigner. En se repliant sur mon âme et en
coupant les relations extérieures qui le rendent exi-
geant, en renonçant aux comparaisons et aux préférences, il s'est contenté que je fusse bon pour moi ;
alors redevenant amour de moi-même il est rentré dans
l'ordre de la nature et m'a délivré du joug de l'opinion.

Dès lors j'ai retrouvé la paix de l'âme et presque la
félicité. Dans quelque situation qu'on se trouve ce n'est
que par lui qu'on est constamment malheureux. Quand
il se tait et que la raison parle elle nous console enfin de
tous les maux qu'il n'a pas dépendu de nous d'éviter.
Elle les anéantit même autant qu'ils n'agissent pas
immédiatement sur nous, car on est sûr alors d'éviter
leurs plus poignantes atteintes en cessant de s'en

occuper. Ils ne sont rien pour celui qui n'y pense pas. Les offenses, les vengeances, les passe-droits, les outrages, les injustices, ne sont rien pour celui qui ne voit dans les maux qu'il endure que le mal même et non pas l'intention, pour celui dont la place ne dépend pas dans sa propre estime de celle qu'il plaît aux autres de lui accorder. De quelque façon que les hommes veuillent me voir, ils ne sauraient changer mon être, et malgré leur puissance et malgré toutes leurs sourdes intrigues, je continuerai, quoi qu'ils fassent, d'être en dépit d'eux ce que je suis. Il est vrai que leurs dispositions à mon égard influent sur ma situation réelle, la barrière qu'ils ont mise entre eux et moi m'ôte toute ressource de subsistance et d'assistance dans ma vieillesse et mes besoins. Elle me rend l'argent même inutile, puisqu'il ne peut me procurer les services qui me sont nécessaires, il n'y a plus ni commerce ni secours réciproques, ni correspondance entre eux et moi. Seul au milieu d'eux, je n'ai que moi seul pour ressource, et cette ressource est bien faible à mon âge et dans l'état où je suis. Ces maux sont grands, mais ils ont perdu pour moi toute leur force depuis que j'ai su les supporter sans m'en irriter. Les points où le vrai besoin se fait sentir sont toujours rares. La prévoyance et l'imagination les multiplient, et c'est par cette continuité de sentiments qu'on s'inquiète et qu'on se rend malheureux. Pour moi j'ai beau savoir que je souffrirai demain, il me suffit de ne pas souffrir aujourd'hui pour être tranquille. Je ne m'affecte point du mal que je prévois mais seulement de celui que je sens, et cela le réduit à très peu de chose. Seul, malade et délaissé dans mon lit, j'y peux mourir d'indigence, de froid et de faim, sans que personne s'en mette en peine. Mais qu'importe si je ne m'en mets pas en peine moi-même et si je m'affecte aussi peu que les autres de mon destin quel qu'il soit ? N'est-ce rien, surtout à mon âge, que d'avoir appris à voir la vie et la mort, la maladie et la santé, la richesse et la misère, la gloire et la diffamation avec la même indifférence. Tous les autres vieillards s'inquiètent de tout ; moi je ne m'inquiète de rien, quoi qu'il puisse arriver tout m'est indifférent, et cette indifférence n'est pas l'ouvrage de ma sagesse, elle est celui de mes ennemis. Apprenons à prendre donc ces avantages en compensation des maux qu'ils me font. En me rendant insensible à l'adversité ils m'ont fait plus de bien que s'ils m'eussent épargné ses atteintes. En ne l'éprouvant pas je pourrais toujours la craindre, au lieu qu'en la subjuguant je ne la crains plus.

Cette disposition me livre, au milieu des traverses de ma vie, à l'incurie de mon naturel presque aussi pleinement que si je vivais dans la plus complète prospérité. Hors les courts moments où je suis rappelé par la présence des objets aux plus douloureuses inquiétudes. Tout le reste du temps, livré par mes penchants aux affections qui m'attirent, mon cœur se nourrit encore des sentiments pour lesquels il était né, et j'en jouis avec des êtres imaginaires qui les produisent et qui les partagent comme si ces êtres existaient réellement. Ils existent pour moi qui les ai créés et je ne crains ni qu'ils me trahissent ni qu'ils m'abandonnent. Ils dureront autant que mes malheurs mêmes et suffiront pour me les faire oublier.

Tout me ramène à la vie heureuse et douce pour laquelle j'étais né. Je passe les trois quarts de ma vie, ou occupé d'objets instructifs et même agréables auxquels je livre avec délices mon esprit et mes sens, ou avec les enfants de mes fantaisies que j'ai créés selon mon cœur et dont le commerce en nourrit les sentiments, ou avec moi seul, content de moi-même et déjà plein du bonheur que je sens m'être dû. En tout ceci l'amour de moi-même fait toute l'œuvre, l'amour-propre n'y entre pour rien. Il n'en est pas ainsi des tristes moments que je passe encore au milieu des hommes, jouet de leurs caresses traîtresses, de leurs compliments ampoulés et dérisoires, de leur mielleuse malignité. De quelque façon que je m'y sois pu prendre l'amour-propre alors fait son jeu. La haine et l'animosité que je vois dans leurs cœurs à travers cette grossière enveloppe

déchirent le mien de douleur ; et l'idée d'être ainsi
sottement pris pour dupe ajoute encore à cette douleur
un dépit très puéril, fruit d'un sot amour-propre dont je
sens toute la bêtise mais que je ne puis subjuguer. Les
efforts que j'ai faits pour m'aguerrir à ces regards
insultants et moqueurs sont incroyables. Cent fois j'ai
passé par les promenades publiques et par les lieux les
plus fréquentés dans l'unique dessein de m'exercer à
ces cruelles bordes ; non seulement je n'y ai pu parvenir
mais je n'ai même rien avancé, et tous mes pénibles
mais vains efforts m'ont laissé tout aussi facile à troubler, à navrer, à indigner qu'auparavant.

Dominé par mes sens quoi que je puisse faire, je n'ai
jamais su résister à leurs impressions, et tant que l'objet
agit sur eux mon cœur ne cesse d'en être affecté ; mais
ces affections passagères ne durent qu'autant que la
sensation qui les cause. La présence de l'homme hai-
neux m'affecte violemment, mais sitôt qu'il disparaît
l'impression cesse ; à l'instant que je ne le vois plus je
n'y pense plus. J'ai beau savoir qu'il va s'occuper de
moi, je ne saurais m'occuper de lui. Le mal que je ne
sens point actuellement ne m'affecte en aucune sorte, le
persécuteur que je ne vois point est nul pour moi. Je
sens l'avantage que cette position donne à ceux qui
disposent de ma destinée. Qu'ils en disposent donc tout
à leur aise. J'aime encore mieux qu'ils me tourmentent
sans résistance que d'être forcé de penser à eux pour me
garantir de leurs coups.

Cette action de mes sens sur mon cœur fait le seul
tourment de ma vie. Les jours où je ne vois personne, je
ne pense plus à ma destinée, je ne la sens plus, je ne
souffre plus, je suis heureux et content sans diversion,
sans obstacle. Mais j'échappe rarement à quelque
atteinte sensible, et lorsque j'y pense le moins, un geste,
un regard sinistre que j'aperçois, un mot envenimé que
j'entends, un malveillant que je rencontre, suffit pour
me bouleverser. Tout ce que je puis faire en pareil cas
est d'oublier bien vite et de fuir. Le trouble de mon
cœur disparaît avec l'objet qui l'a causé et je rentre dans

le calme aussitôt que je suis seul. Ou si quelque chose
m'inquiète, c'est la crainte de rencontrer sur mon
passage quelque nouveau sujet de douleur. C'est là ma
seule peine ; mais elle suffit pour altérer mon bonheur.
Je loge au milieu de Paris. En sortant de chez moi je
soupire après la campagne et la solitude, mais il faut
l'aller chercher si loin qu'avant de pouvoir respirer à
mon aise je trouve en mon chemin mille objets qui me
serrent le cœur, et la moitié de la journée se passe en
angoisses avant que j'aie atteint l'asile que je vais
chercher. Heureux du moins quand on me laisse achever ma route. Le moment où j'échappe au cortège des
méchants est délicieux, et sitôt que je me vois sous les
arbres, au milieu de la verdure, je crois me voir dans le
paradis terrestre et je goûte un plaisir interne aussi vif
que si j'étais le plus heureux des mortels.

Je me souviens parfaitement que durant mes courtes
prospérités, ces mêmes promenades solitaires qui me
sont aujourd'hui si délicieuses m'étaient insipides et
ennuyeuses. Quand j'étais chez quelqu'un à la campagne, le besoin de faire de l'exercice et de respirer le
grand air me faisait souvent sortir seul, et m'échappant
comme un voleur je m'allais promener dans le parc ou
dans la campagne, mais loin d'y trouver le calme
heureux que j'y goûte aujourd'hui, j'y portais l'agitation des vaines idées qui m'avaient occupé dans le
salon ; le souvenir de la compagnie que j'y avais laissée
m'y suivait, dans la solitude, les vapeurs de l'amour-
propre et le tumulte du monde ternissaient à mes yeux
la fraîcheur des bosquets et troublaient la paix de la
retraite. J'avais beau fuir au fond des bois, une foule
importune me suivait partout et voilait pour moi toute
la nature. Ce n'est qu'après m'être détaché des passions
sociales et de leur triste cortège que je l'ai retrouvée
avec tous ses charmes.

Convaincu de l'impossibilité de contenir ces premiers mouvements involontaires, j'ai cessé tous mes
efforts pour cela. Je laisse à chaque atteinte mon sang
s'allumer, la colère et l'imagination s'emparer de mes

sens, je cède à la nature cette première explosion que
toutes mes forces ne pourraient arrêter ni suspendre. Je
tâche seulement d'en arrêter les suites avant qu'elle ait
produit aucun effet. Les yeux étincelants, le feu du
visage, le tremblement des membres, les suffocantes
palpitations, tout cela tient au seul physique et le
raisonnement n'y peut rien ; mais après avoir laissé faire
au naturel sa première explosion, l'on peut redevenir
son propre maître en reprenant peu à peu ses sens ; c'est
ce que j'ai tâché de faire longtemps sans succès, mais
enfin plus heureusement. Et cessant d'employer ma
force en vaine résistance j'attends le moment de vaincre
en laissant agir ma raison, car elle ne me parle que
quand elle peut se faire écouter. Et que dis-je hélas ! ma
raison ? j'aurais grand tort encore de lui faire l'honneur
de ce triomphe car elle n'y a guère de part. Tout vient
également d'un tempérament versatile qu'un vent
impétueux agite, mais qui rentre dans le calme à
l'instant que le vent ne souffle plus. C'est mon naturel
ardent qui m'agite, c'est mon naturel indolent qui
m'apaise. Je cède à toutes les impulsions présentes, tout
choc me donne un mouvement vif et court ; sitôt qu'il
n'y a plus de choc, le mouvement cesse, rien de
communiqué ne peut se prolonger en moi. Tous les
événements de la fortune, toutes les machines des
hommes ont peu de prise sur un homme ainsi constitué.
Pour m'affecter de peines durables, il faudrait que
l'impression se renouvelât à chaque instant. Car les
intervalles quelque courts qu'ils soient suffisent pour
me rendre à moi-même. Je suis ce qu'il plaît aux
hommes tant qu'ils peuvent agir sur mes sens ; mais au
premier instant de relâche, je redeviens ce que la nature
a voulu, c'est là, quoi qu'on puisse faire, mon état le
plus constant et celui par lequel en dépit de la destinée
je goûte un bonheur pour lequel je me sens constitué.
J'ai décrit cet état dans une de mes rêveries. Il me
convient si bien que je ne désire autre chose que sa
durée et ne crains que de le voir troubler. Le mal que
m'ont fait les hommes ne me touche en aucune sorte ; la

crainte seule de celui qu'ils peuvent me faire encore est
capable de m'agiter; mais certain qu'ils n'ont plus de
nouvelle prise par laquelle ils puissent m'affecter d'un
sentiment permanent je me ris de toutes leurs trames et
je jouis de moi-même en dépit d'eux.

NEUVIÈME PROMENADE

Le bonheur est un état permanent qui ne semble pas fait ici-bas pour l'homme. Tout est sur la terre dans un flux continuel qui ne permet à rien d'y prendre une forme constante. Tout change autour de nous. Nous changeons nous-mêmes et nul ne peut s'assurer qu'il aimera demain ce qu'il aime aujourd'hui. Ainsi tous nos projets de félicité pour cette vie sont des chimères. Profitons du contentement d'esprit quand il vient; gardons-nous de l'éloigner par notre faute, mais ne faisons pas des projets pour l'enchaîner, car ces projets-là sont de pures folies. J'ai peu vu d'hommes heureux, peut-être point; mais j'ai souvent vu des cœurs contents, et de tous les objets qui m'ont frappé c'est celui qui m'a le plus contenté moi-même. Je crois que c'est une suite naturelle du pouvoir des sensations sur mes sentiments internes. Le bonheur n'a point d'enseigne extérieure; pour le connaître, il faudrait lire dans le cœur de l'homme heureux; mais le contentement se lit dans les yeux, dans le maintien, dans l'accent, dans la démarche, et semble se communiquer à celui qui l'aperçoit. Est-il une jouissance plus douce que de voir un peuple entier se livrer à la joie un jour de fête, et tous les cœurs s'épanouir aux rayons expansifs du plaisir qui passe rapidement, mais vivement, à travers les nuages de la vie?

Il y a trois jours que M. P. vint avec un empressement extraordinaire me montrer l'éloge de Mme Geoffrin par M. d'Alembert. La lecture fut précédée de longs et grands éclats de rire sur le ridicule néologisme de cette pièce et sur les badins jeux de mots dont il la disait remplie. Il commença de lire en riant toujours, je l'écoutai d'un sérieux qui le calma, et voyant toujours que je ne l'imitais point, il cessa enfin de rire. L'article le plus long et le plus recherché de cette pièce roulait sur le plaisir que prenait Mme Geoffrin à voir les enfants et à les faire causer. L'auteur tirait avec raison de cette disposition une preuve de bon naturel. Mais il ne s'arrêtait pas là et il accusait décidément de mauvais naturel et de méchanceté tous ceux qui n'avaient pas le même goût, au point de dire que si l'on interrogeait là-dessus ceux qu'on mène au gibet ou à la roue tous conviendraient qu'ils n'avaient pas aimé les enfants. Ces assertions faisaient un effet singulier dans la place où elles étaient. Supposant tout cela vrai, était-ce là l'occasion de le dire et fallait-il souiller l'éloge d'une femme estimable des images de supplice et de malfaiteur ? Je compris aisément le motif de cette affectation vilaine et quand M. P. eut fini de lire, en relevant ce qui m'avait paru bien dans l'éloge, j'ajoutai que l'auteur en l'écrivant avait dans le cœur moins d'amitié que de haine.

Le lendemain, le temps étant assez beau quoique froid, j'allai faire une course jusqu'à l'École militaire comptant d'y trouver des mousses en pleine fleur. En allant, je rêvais sur la visite de la veille et sur l'écrit de M. d'Alembert où je pensais bien que ce placage épisodique n'avait pas été mis sans dessein ; et la seule affectation de m'apporter cette brochure, à moi à qui l'on cache tout, m'apprenait assez quel en était l'objet. J'avais mis mes enfants aux Enfants-Trouvés ; c'en était assez pour m'avoir travesti en père dénaturé, et de là, en étendant et caressant cette idée on en avait peu à peu tiré la conséquence évidente que je haïssais les enfants ; en suivant par la pensée la chaîne de ces gradations j'admirais avec quel art l'industrie humaine sait changer les choses du blanc au noir. Car je ne crois pas que jamais homme ait plus aimé que moi à voir de petits bambins folâtrer et jouer ensemble, et souvent dans la rue et aux promenades je m'arrête à regarder leur espièglerie et leurs petits jeux avec un intérêt que je ne vois partager à personne. Le jour même où vint M. P., une heure avant sa visite, j'avais eu celle des deux petits du Soussoi, les plus jeunes enfants de mon hôte, dont l'aîné peut avoir sept ans ; ils étaient venus m'embrasser de si bon cœur et je leur avais rendu si tendrement leurs caresses que malgré la disparité des âges ils avaient paru se plaire avec moi sincèrement, et pour moi j'étais transporté d'aise de voir que ma vieille figure ne les avait pas rebutés ; le cadet même paraissait revenir à moi si volontiers que plus enfant qu'eux, je me sentais attacher à lui déjà par préférence et je le vis partir avec autant de regret que s'il m'eût appartenu.

Je comprends que le reproche d'avoir mis mes enfants aux Enfants-Trouvés a facilement dégénéré, avec un peu de tournure, en celui d'être un père dénaturé et de haïr les enfants. Cependant il est sûr que c'est la crainte d'une destinée pour eux mille fois pire et presque inévitable par toute autre voie, qui m'a le plus déterminé dans cette démarche. Plus indifférent sur ce qu'ils deviendraient et hors d'état de les élever moi-même, il aurait fallu dans ma situation les laisser élever par leur mère qui les aurait gâtés et par sa famille qui en aurait fait des monstres. Je frémis encore d'y penser. Ce que Mahomet fit de Séide n'est rien auprès de ce qu'on aurait fait d'eux à mon égard et les pièges qu'on m'a tendus là-dessus dans la suite me confirment assez que le projet en avait été formé. A la vérité j'étais bien éloigné de prévoir alors ces trames atroces : mais je savais que l'éducation pour eux la moins périlleuse était celle des Enfants-Trouvés et je les y mis. Je le ferais encore avec bien moins de doute aussi si la chose était à faire, et je sais bien que nul père n'est plus tendre que je l'aurais été pour eux, pour peu que l'habitude eût aidé la nature.

Si j'ai fait quelque progrès dans la connaissance du cœur humain c'est le plaisir que j'avais à voir et observer les enfants qui m'a valu cette connaissance. Ce même plaisir, dans ma jeunesse, y a mis une espèce d'obstacle, car je jouais avec les enfants si gaiement et de si bon cœur que je ne songeais guère à les étudier. Mais quand en vieillissant j'ai vu que ma figure caduque les inquiétait je me suis abstenu de les importuner, et j'ai mieux aimé me priver d'un plaisir que de troubler leur joie; content alors de me satisfaire en regardant leurs jeux et tous leurs petits manèges, j'ai trouvé le dédommagement de mon sacrifice dans les lumières que ces observations m'ont fait acquérir sur les premiers et vrais mouvements de la nature auxquels tous nos savants ne connaissent rien. J'ai consigné dans mes écrits la preuve que je m'étais occupé de cette recherche trop soigneusement pour ne l'avoir pas faite avec plaisir, et ce serait assurément la chose du monde la plus incroyable que l'*Héloïse* et l'*Emile* fussent l'ouvrage d'un homme qui n'aimait pas les enfants.

Je n'eus jamais ni présence d'esprit ni facilité de parler; mais depuis mes malheurs ma langue et ma tête se sont de plus en plus embarrassées. L'idée et le mot propre m'échappent également, et rien n'exige un meilleur discernement et un choix d'expressions plus justes que les propos qu'on tient aux enfants. Ce qui augmente encore en moi cet embarras, est l'attention des écoutants, les interprétations et le poids qu'ils donnent à tout ce qui part d'un homme qui, ayant écrit expressément pour les enfants, est supposé ne devoir leur parler que par oracles. Cette gêne extrême et l'inaptitude que je me sens me trouble, me déconcerte et je serais bien plus à mon aise devant un monarque d'Asie que devant un bambin qu'il faut faire babiller.

Un autre inconvénient me tient maintenant plus éloigné d'eux, et depuis mes malheurs je les vois toujours avec le même plaisir, mais je n'ai plus avec eux la même familiarité. Les enfants n'aiment pas la vieillesse, l'aspect de la nature défaillante est hideux à leurs yeux, leur répugnance que j'aperçois me navre ; et j'aime mieux m'abstenir de les caresser que de leur donner de la gêne ou du dégoût. Ce motif qui n'agit que sur les âmes vraiment aimantes, est nul pour tous nos docteurs et doctoresses. Mme Geoffrin s'embarrassait fort peu que les enfants eussent du plaisir avec elle pourvu qu'elle en eût avec eux. Mais pour moi ce plaisir est pis que nul, il est négatif quand il n'est pas partagé, et je ne suis plus dans la situation ni dans l'âge où je voyais le petit cœur d'un enfant s'épanouir avec le mien. Si cela pouvait m'arriver encore, ce plaisir devenu plus rare n'en serait pour moi que plus vif et je l'éprouvais bien l'autre matin par le goût que je prenais à caresser les petits du Soussoi, non seulement parce que la bonne qui les conduisait ne m'en imposait pas beaucoup et que je sentais moins le besoin de m'écouter devant elle, mais encore parce que l'air jovial avec lequel ils m'abordèrent ne les quitta point, et qu'ils ne parurent ni se déplaire ni s'ennuyer avec moi.

Oh ! si j'avais encore quelques moments de pures caresses qui vinssent du cœur ne fût-ce que d'un enfant encore en jaquette, si je pouvais voir encore dans quelques yeux la joie et le contentement d'être avec moi, de combien de maux et de peines ne me dédommageraient pas ces courts mais doux épanchements de mon cœur ? Ah ! je ne serais pas obligé de chercher parmi les animaux le regard de la bienveillance qui m'est désormais refusé parmi les humains. J'en puis juger sur bien peu d'exemples mais toujours chers à mon souvenir. En voici un qu'en tout autre état j'aurais oublié presque et dont l'impression qu'il a faite sur moi peint bien toute ma misère. Il y a deux ans que m'étant allé promener du côté de la Nouvelle-France, je poussai plus loin, puis tirant à gauche et voulant tourner autour de Montmartre, je traversai le village de Clignancourt. Je marchais distrait et rêvant sans regarder autour de moi quand tout à coup je me sentis saisir les genoux. Je regarde et je vois un petit enfant de cinq ou six ans qui serrait mes genoux de toute sa force en me regardant d'un air si familier et si caressant que mes entrailles s'émurent et je me disais : c'est ainsi que j'aurais été traité des miens. Je pris l'enfant dans mes bras, je le baisai plusieurs fois dans une espèce de transport et puis je continuai mon chemin. Je sentais en marchant qu'il me manquait quelque chose, un besoin naissant me ramenait sur mes pas. Je me reprochais d'avoir quitté si brusquement cet enfant, je croyais voir dans son action sans cause apparente une sorte d'inspiration qu'il ne fallait pas dédaigner. Enfin cédant à la tentation, je reviens sur mes pas, je cours à l'enfant, je l'embrasse de nouveau et je lui donne de quoi acheter des petits pains de Nanterre dont le marchand passait là par hasard, et je commençai à le faire jaser. Je lui demandai où était son père ; il me le montra qui reliait des tonneaux. J'étais prêt à quitter l'enfant pour aller lui parler quand je vis que j'avais été prévenu par un homme de mauvaise mine qui me parut être une de ces mouches qu'on tient sans cesse à mes trousses. Tandis que cet homme lui parlait à l'oreille, je vis les regards du tonnelier se fixer attentivement sur moi d'un air qui n'avait rien d'amical. Cet objet me resserra le cœur à l'instant et je quittai le père et l'enfant avec plus de promptitude encore que je n'en avais mis à revenir sur mes pas, mais dans un trouble moins agréable qui changea toutes mes dispositions.

Je les ai pourtant senties renaître assez souvent depuis lors ; je suis repassé plusieurs fois par Clignancourt dans l'espérance d'y revoir cet enfant mais je n'ai plus revu ni lui ni le père, et il ne m'est plus resté de cette rencontre qu'un souvenir assez vif mêlé toujours de douceur et de tristesse, comme toutes les émotions qui pénètrent encore quelquefois jusqu'à mon cœur et qu'une réaction douloureuse finit toujours en le refermant.

Il y a compensation à tout. Si mes plaisirs sont rares et courts je les goûte aussi plus vivement quand ils viennent que s'ils m'étaient plus familiers ; je les rumine pour ainsi dire par de fréquents souvenirs, et quelque rares qu'ils soient, s'ils étaient purs et sans mélange je serais plus heureux peut-être que dans ma prospérité. Dans l'extrême misère on se trouve riche de peu ; un gueux qui trouve un écu en est plus affecté que ne le serait un riche en trouvant une bourse d'or. On rirait si l'on voyait dans mon âme l'impression qu'y font les moindres plaisirs de cette espèce que je puis dérober à la vigilance de mes persécuteurs. Un des derniers s'offrit il y a quatre ou cinq ans, que je ne me rappelle jamais sans me sentir ravi d'aise d'en avoir si bien profité.

Un dimanche nous étions allés, ma femme et moi, dîner à la porte Maillot. Après le dîner nous traversâmes le bois de Boulogne jusqu'à la Muette ; là nous nous assîmes sur l'herbe à l'ombre en attendant que le soleil fût baissé pour nous en retourner ensuite tout doucement par Passy. Une vingtaine de petites filles conduites par une manière de religieuse vinrent les unes s'asseoir les autres folâtrer assez près de nous. Durant leurs jeux vint à passer un oublieur avec son tambour et son tourniquet, qui cherchait pratique. Je vis que les petites filles convoitaient fort les oublies et deux ou trois d'entre elles, qui apparemment possédaient quelques liards, demandèrent la permission de jouer. Tandis que la gouvernante hésitait et disputait j'appelai l'oublieur et je lui dis : faites tirer toutes ces demoiselles chacune à son tour et je vous paierai le tout. Ce mot répandit dans toute la troupe une joie qui seule eût plus que payé ma bourse quand je l'aurais toute employée à cela.

Comme je vis qu'elles s'empressaient avec un peu de confusion, avec l'agrément de la gouvernante je les fis ranger toutes d'un côté, et puis passer de l'autre côté l'une après l'autre à mesure qu'elles avaient tiré. Quoiqu'il n'y eût point de billet blanc et qu'il revînt au moins une oublie à chacune de celles qui n'auraient rien, qu'aucune d'elles ne pouvait être absolument mécontente, afin de rendre la fête encore plus gaie, je dis en secret à l'oublieur d'user de son adresse ordinaire en sens contraire en faisant tomber autant de bons lots qu'il pourrait, et que je lui en tiendrais compte. Au moyen de cette prévoyance il y eut tout près d'une centaine d'oublies distribuées, quoique les jeunes filles ne tirassent chacune qu'une seule fois, car là-dessus je fus inexorable, ne voulant ni favoriser des abus ni marquer des préférences qui produiraient des mécontentements. Ma femme insinua à celles qui avaient de bons lots d'en faire part à leurs camarades, au moyen de quoi le partage devint presque égal et la joie plus générale.

Je priai la religieuse de vouloir bien tirer à son tour, craignant fort qu'elle ne rejetât dédaigneusement mon offre ; elle l'accepta de bonne grâce, tira comme les pensionnaires et prit sans façon ce qui lui revint ; je lui en sus un gré infini, et je trouvai à cela une sorte de politesse qui me plut fort et qui vaut bien je crois celle des simagrées. Pendant toute cette opération il y eut des disputes qu'on porta devant mon tribunal, et ces petites filles venant plaider tour à tour leur cause me donnèrent occasion de remarquer que, quoiqu'il n'y en eût aucune de jolie, la gentillesse de quelques-unes faisait oublier leur laideur.

Nous nous quittâmes enfin très contents les uns des autres ; et cette après-midi fut une de celles de ma vie dont je me rappelle le souvenir avec le plus de satisfaction. La fête au reste ne fut pas ruineuse mais pour trente sols qu'il m'en coûta tout au plus, il y eut pour plus de cent écus de contentement. Tant il est vrai que le vrai plaisir ne se mesure pas sur la dépense et que la joie est plus amie des liards que des louis. Je suis revenu plusieurs autres fois à la même place à la même heure, espérant d'y rencontrer encore la petite troupe, mais cela n'est plus arrivé.

Ceci me rappelle un autre amusement à peu près de même espèce dont le souvenir m'est resté de beaucoup plus loin. C'était dans le malheureux temps où faufilé parmi les riches et les gens de lettres, j'étais quelquefois réduit à partager leurs tristes plaisirs. J'étais à la Chevrette au temps de la fête du maître de la maison. Toute

sa famille s'était réunie pour la célébrer, et tout l'éclat
des plaisirs bruyants fut mis en œuvre pour cet effet.
Jeux, spectacles, festins, feux d'artifice, rien ne fut
épargné. L'on n'avait pas le temps de prendre haleine et
l'on s'étourdissait au lieu de s'amuser. Après le dîner on
alla prendre l'air dans l'avenue. On tenait une espèce de
foire. On dansait ; les messieurs daignèrent danser avec
les paysannes, mais les Dames gardèrent leur dignité.
On vendait là des pains d'épice. Un jeune homme de la
compagnie s'avisa d'en acheter pour les lancer l'un
après l'autre au milieu de la foule, et l'on prit tant de
plaisir à voir tous ces manants se précipiter, se battre, se
renverser pour en avoir, que tout le monde voulut se
donner le même plaisir. Et pains d'épice de voler à
droite et à gauche, et filles et garçons de courir, s'entasser et s'estropier ; cela paraissait charmant à tout le
monde. Je fis comme les autres par mauvaise honte,
quoique en dedans je ne m'amusasse pas autant qu'eux.
Mais bientôt ennuyé de vider ma bourse pour faire
écraser les gens, je laissai là la bonne compagnie et je fus
me promener seul dans la foire. La variété des objets
m'amusa longtemps. J'aperçus entre autres cinq ou six
Savoyards autour d'une petite fille qui avait encore sur
son inventaire une douzaine de chétives pommes dont
elle aurait bien voulu se débarrasser. Les Savoyards de
leur côté auraient bien voulu l'en débarrasser mais ils
n'avaient que deux ou trois liards à eux tous et ce n'était
pas de quoi faire une grande brèche aux pommes. Cet
inventaire était pour eux le jardin des Hespérides, et la
petite fille était le dragon qui le gardait. Cette comédie
m'amusa longtemps ; j'en fis enfin le dénouement en
payant les pommes à la petite fille et les lui faisant
distribuer aux petits garçons. J'eus alors un des plus
doux spectacles qui puissent flatter un cœur d'homme,
celui de voir la joie unie avec l'innocence de l'âge se
répandre tout autour de moi ; car les spectateurs mêmes
en la voyant la partagèrent, et moi qui partageais à si
bon marché cette joie, j'avais de plus celle de sentir
qu'elle était mon ouvrage.

En comparant cet amusement avec ceux que je venais de quitter, je sentais avec satisfaction la différence qu'il y a des goûts sains et des plaisirs naturels à ceux que fait naître l'opulence, et qui ne sont guère que des plaisirs de moquerie et des goûts exclusifs engendrés par le mépris. Car quelle sorte de plaisir pouvait-on prendre à voir des troupeaux d'hommes avilis par la misère s'entasser, s'étouffer, s'estropier brutalement, pour s'arracher avidement quelques morceaux de pains d'épice foulés aux pieds et couverts de boue ?

De mon côté quand j'ai bien réfléchi sur l'espèce de volupté que je goûtais dans ces sortes d'occasions, j'ai trouvé qu'elle consistait moins dans un sentiment de bienfaisance que dans le plaisir de voir des visages contents. Cet aspect a pour moi un charme qui, bien qu'il pénètre jusqu'à mon cœur, semble être uniquement de sensation. Si je ne vois la satisfaction que je cause, quand même j'en serais sûr je n'en jouirais qu'à demi. C'est même pour moi un plaisir désintéressé qui ne dépend pas de la part que j'y puis avoir ; car dans les fêtes du peuple celui de voir des visages gais m'a toujours vivement attiré. Cette attente a pourtant été souvent frustrée en France où cette nation qui se prétend si gaie montre peu cette gaieté dans ses jeux. Souvent j'allais jadis aux guinguettes pour y voir danser le menu peuple : mais ses danses étaient si maussades, son maintien si dolent, si gauche, que j'en sortais plutôt contristé que réjoui. Mais à Genève et en Suisse, où le rire ne s'évapore pas sans cesse en folles malignités, tout respire le contentement et la gaieté dans les fêtes, la misère n'y porte point son hideux aspect, le faste n'y montre pas non plus son insolence ; le bien-être, la fraternité, la concorde y disposent les cœurs à s'épanouir, et souvent dans les transports d'une innocente joie, les inconnus s'accostent, s'embrassent, et s'invitent à jouir de concert des plaisirs du jour. Pour jouir moi-même de ces aimables fêtes, je n'ai pas besoin d'en être, il me suffit de les voir ; en les voyant je les partage ; et parmi tant de visages gais, je suis bien sûr qu'il n'y a pas un cœur plus gai que le mien.

Quoique ce ne soit là qu'un plaisir de sensation il a certainement une cause morale, et la preuve en est que ce même aspect, au lieu de me flatter, de me plaire, peut me déchirer de douleur et d'indignation quand je sais que ces signes de plaisir et de joie sur les visages des méchants ne sont que des marques que leur malignité est satisfaite. La joie innocente est la seule dont les signes flattent mon cœur. Ceux de la cruelle et moqueuse joie le navrent et l'affligent quoiqu'elle n'ait nul rapport à moi. Ces signes, sans doute, ne sauraient être exactement les mêmes, partant de principes si différents : mais enfin ce sont également des signes de joie, et leurs différences sensibles ne sont assurément pas proportionnelles à celles des mouvements qu'ils excitent en moi.

Ceux de douleur et de peine me sont encore plus sensibles au point qu'il m'est impossible de les soutenir sans être agité moi-même d'émotions peut-être encore plus vives que celles qu'ils représentent. L'imagination renforçant la sensation m'identifie avec l'être souffrant et me donne souvent plus d'angoisse qu'il n'en sent lui-même. Un visage mécontent est encore un spectacle qu'il m'est impossible de soutenir surtout si j'ai lieu de penser que ce mécontentement me regarde. Je ne saurais dire combien l'air grognard et maussade des valets qui servent en rechignant m'a arraché d'écus dans les maisons où j'avais autrefois la sottise de me laisser entraîner, et où les domestiques m'ont toujours fait payer bien chèrement l'hospitalité des maîtres. Toujours trop affecté des objets sensibles, et surtout de ceux qui portent signe de plaisir ou de peine, de bienveillance ou d'aversion, je me laisse entraîner par ces impressions extérieures sans pouvoir jamais m'y dérober autrement que par la fuite. Un signe, un geste, un coup d'œil d'un inconnu suffit pour troubler mes plaisirs ou calmer mes peines. Je ne suis à moi que quand je suis seul, hors de là je suis le jouet de tous ceux qui m'entourent.

Je vivais jadis avec plaisir dans le monde quand je n'y

voyais dans tous les yeux que bienveillance, ou tout au pis indifférence dans ceux à qui j'étais inconnu. Mais aujourd'hui qu'on ne prend pas moins de peine à montrer mon visage au peuple qu'à lui masquer mon naturel, je ne puis mettre le pied dans la rue sans m'y voir entouré d'objets déchirants ; je me hâte de gagner à grands pas la campagne ; sitôt que je vois la verdure, je commence à respirer. Faut-il s'étonner si j'aime la solitude ? Je ne vois qu'animosité sur les visages des hommes, et la nature me rit toujours.

Je sens pourtant encore, il faut l'avouer, du plaisir à vivre au milieu des hommes tant que mon visage leur est inconnu. Mais c'est un plaisir qu'on ne me laisse guère. J'aimais encore il y a quelques années à traverser les villages et à voir au matin les laboureurs raccommoder leurs fléaux ou les femmes sur leur porte avec leurs enfants. Cette vue avait je ne sais quoi qui touchait mon cœur. Je m'arrêtais quelquefois, sans y prendre garde, à regarder les petits manèges de ces bonnes gens, et je me sentais soupirer sans savoir pourquoi. J'ignore si l'on m'a vu sensible à ce petit plaisir et si l'on a voulu me l'ôter encore ; mais au changement que j'aperçois sur les physionomies à mon passage, et à l'air dont je suis regardé, je suis bien forcé de comprendre qu'on a pris grand soin de m'ôter cet incognito. La même chose m'est arrivée et d'une façon plus marquée encore aux Invalides. Ce bel établissement m'a toujours intéressé. Je ne vois jamais sans attendrissement et vénération ces groupes de bons vieillards qui peuvent dire comme ceux de Lacédémone :

> *Nous avons été jadis*
> *Jeunes, vaillants et hardis.*

Une de mes promenades favorites était autour de l'École militaire et je rencontrais avec plaisir çà et là quelques invalides qui, ayant conservé l'ancienne honnêteté militaire, me saluaient en passant. Ce salut que mon cœur leur rendait au centuple me flattait et aug-

mentait le plaisir que j'avais à les voir. Comme je ne sais
rien cacher de ce qui me touche, je parlais souvent des
invalides et de la façon dont leur aspect m'affectait. Il
n'en fallut pas davantage. Au bout de quelque temps je
m'aperçus que je n'étais plus un inconnu pour eux, ou
plutôt que je le leur étais bien davantage puisqu'ils me
voyaient du même œil que fait le public. Plus d'honnêteté, plus de salutations. Un air repoussant, un regard
farouche avaient succédé à leur première urbanité.
L'ancienne franchise de leur métier ne leur laissant pas
comme aux autres couvrir leur animosité d'un masque
ricaneur et traître, ils me montrent tout ouvertement la
plus violente haine, et tel est l'excès de ma misère que je
suis forcé de distinguer dans mon estime ceux qui me
déguisent le moins leur fureur.

Depuis lors je me promène avec moins de plaisir du
côté des Invalides ; cependant comme mes sentiments
pour eux ne dépendent pas des leurs pour moi, je ne
vois toujours point sans respect et sans intérêt ces
anciens défenseurs de leur patrie : mais il m'est bien
dur de me voir si mal payé de leur part de la justice que
je leur rends. Quand par hasard j'en rencontre
quelqu'un qui a échappé aux instructions communes,
ou qui ne connaissant pas ma figure ne me montre
aucune aversion, l'honnête salutation de ce seul-là me
dédommage du maintien rébarbatif des autres. Je les
oublie pour ne m'occuper que de lui, et je m'imagine
qu'il a une de ces âmes comme la mienne où la haine ne
saurait pénétrer. J'eus encore ce plaisir l'année dernière
en passant l'eau pour m'aller promener à l'île aux
Cygnes. Un pauvre vieux invalide dans un bateau
attendait compagnie pour traverser. Je me présentai et
je dis au batelier de partir. L'eau était forte et la
traversée fut longue. Je n'osais presque pas adresser la
parole à l'invalide de peur d'être rudoyé et rebuté
comme à l'ordinaire, mais son air honnête me rassura.
Nous causâmes. Il me parut homme de sens et de
mœurs. Je fus surpris et charmé de son ton ouvert et
affable, je n'étais pas accoutumé à tant de faveur ; ma

surprise cessa quand j'appris qu'il arrivait tout nouvellement de province. Je compris qu'on ne lui avait pas encore montré ma figure et donné ses instructions. Je profitai de cet incognito pour converser quelques moments avec un homme et je sentis à la douceur que j'y trouvais combien la rareté des plaisirs les plus communs est capable d'en augmenter le prix. En sortant du bateau, il préparait ses deux pauvres liards. Je payai le passage et le priai de les resserrer en tremblant de le cabrer. Cela n'arriva point ; au contraire, il parut sensible à mon attention et surtout à celle que j'eus encore, comme il était plus vieux que moi, de lui aider à sortir du bateau. Qui croirait que je fus assez enfant pour en pleurer d'aise ? Je mourais d'envie de lui mettre une pièce de vingt-quatre sols dans la main pour avoir du tabac ; je n'osai jamais. La même honte qui me retint m'a souvent empêché de faire de bonnes actions qui m'auraient comblé de joie et dont je ne me suis abstenu qu'en déplorant mon imbécillité. Cette fois, après avoir quitté mon vieux invalide je me consolai bientôt en pensant que j'aurais pour ainsi dire agi contre mes propres principes en mêlant aux choses honnêtes un prix d'argent qui dégrade leur noblesse et souille leur désintéressement. Il faut s'empresser de secourir ceux qui en ont besoin, mais dans le commerce ordinaire de la vie laissons la bienveillance naturelle et l'urbanité faire chacune leur œuvre, sans que jamais rien de vénal et de mercantile ose approcher d'une si pure source pour la corrompre ou pour l'altérer. On dit qu'en Hollande le peuple se fait payer pour vous dire l'heure et pour vous montrer le chemin. Ce doit être un bien méprisable peuple que celui qui trafique ainsi des plus simples devoirs de l'humanité.

J'ai remarqué qu'il n'y a que l'Europe seule où l'on vende l'hospitalité. Dans toute l'Asie on vous loge gratuitement, je comprends qu'on n'y trouve pas si bien toutes ses aises. Mais n'est-ce rien que de se dire : je suis homme et reçu chez des humains. C'est l'humanité pure qui me donne le couvert. Les petites privations s'endurent sans peine, quand le cœur est mieux traité que le corps.

DIXIÈME PROMENADE

Aujourd'hui jour de Pâques fleuries il y a précisément cinquante ans de ma première connaissance avec Mme de Warens. Elle avait vingt-huit ans alors, étant née avec le siècle. Je n'en avais pas encore dix-sept et mon tempérament naissant, mais que j'ignorais encore, donnait une nouvelle chaleur à un cœur naturellement plein de vie. S'il n'était pas étonnant qu'elle conçût de la bienveillance pour un jeune homme vif, mais doux et modeste, d'une figure assez agréable, il l'était encore moins qu'une femme charmante, pleine d'esprit et de grâce, m'inspirât avec la reconnaissance des sentiments plus tendres que je n'en distinguais pas. Mais ce qui est moins ordinaire est que ce premier moment décida de moi pour toute ma vie, et produisit par un enchaînement inévitable le destin du reste de mes jours. Mon âme dont mes organes n'avaient pas développé les plus précieuses facultés n'avait encore aucune forme déterminée. Elle attendait dans une sorte d'impatience le moment qui devait la lui donner, et ce moment accéléré par cette rencontre ne vint pourtant pas sitôt, et dans la simplicité de mœurs que l'éducation m'avait donnée je vis longtemps prolonger pour moi cet état délicieux mais rapide où l'amour et l'innocence habitent le même cœur. Elle m'avait éloigné. Tout me rappelait à elle, il y fallut revenir. Ce retour fixa ma destinée et longtemps

encore avant de la posséder je ne vivais plus qu'en elle
et pour elle. Ah! si j'avais suffi à son cœur comme elle
suffisait au mien! Quels paisibles et délicieux jours
nous eussions coulés ensemble! Nous en avons passé de
tels mais qu'ils ont été courts et rapides, et quel destin
les a suivis! Il n'y a pas de jour où je ne me rappelle avec
joie et attendrissement cet unique et court temps de ma
vie où je fus moi pleinement, sans mélange et sans
obstacle, et où je puis véritablement dire avoir vécu. Je
puis dire à peu près comme ce préfet du prétoire qui
disgracié sous Vespasien s'en alla finir paisiblement ses
jours à la campagne : « J'ai passé soixante et dix ans sur
la terre, et j'en ai vécu sept. » Sans ce court mais
précieux espace je serais resté peut-être incertain sur
moi ; car tout le reste de ma vie, faible et sans résistance,
j'ai été tellement agité, ballotté, tiraillé par les passions
d'autrui, que presque passif dans une vie aussi orageuse
j'aurais peine à démêler ce qu'il y a du mien dans ma
propre conduite, tant la dure nécessité n'a cessé de
s'appesantir sur moi. Mais durant ce petit nombre
d'années, aimé d'une femme pleine de complaisance et
de douceur, je fis ce que je voulais faire, je fus ce que je
voulais être, et par l'emploi que je fis de mes loisirs,
aidé de ses leçons et de son exemple, je sus donner à
mon âme encore simple et neuve la forme qui lui
convenait davantage et qu'elle a gardée toujours. Le
goût de la solitude et de la contemplation naquit dans
mon cœur avec les sentiments expansifs et tendres faits
pour être son aliment. Le tumulte et le bruit les
resserrent et les étouffent, le calme et la paix les
raniment et les exaltent. J'ai besoin de me recueillir
pour aimer. J'engageai maman à vivre à la campagne.
Une maison isolée au penchant d'un vallon fut notre
asile, et c'est là que dans l'espace de quatre ou cinq ans
j'ai joui d'un siècle de vie et d'un bonheur pur et plein
qui couvre de son charme tout ce que mon sort présent
a d'affreux. J'avais besoin d'une amie selon mon cœur,
je la possédais. J'avais désiré la campagne, je l'avais
obtenue ; je ne pouvais souffrir l'assujettissement,

j'étais parfaitement libre, et mieux que libre, car assujetti par mes seuls attachements, je ne faisais que ce que je voulais faire. Tout mon temps était rempli par des soins affectueux ou par des occupations champêtres. Je ne désirais rien que la continuation d'un état si doux. Ma seule peine était la crainte qu'il ne durât pas longtemps, et cette crainte née de la gêne de notre situation n'était pas sans fondement. Dès lors je songeai à me donner en même temps des diversions sur cette inquiétude et des ressources pour en prévenir l'effet. Je pensai qu'une provision de talents était la plus sûre ressource contre la misère, et je résolus d'employer mes loisirs à me mettre en état, s'il était possible, de rendre un jour à la meilleure des femmes l'assistance que j'en avais reçue.

TABLEAU CHRONOLOGIQUE

TABLEAU CHRONOLOGIQUE
DE LA VIE
ET DES PRINCIPAUX ÉCRITS
DE JEAN-JACQUES ROUSSEAU

1712. — 28 juin : naissance de Jean-Jacques Rousseau, Grand-rue, à Genève.
7 JUILLET : mort de Suzanne Rousseau, mère de Jean-Jacques.

1717. — Isaac Rousseau et son fils Jean-Jacques déménagent pour s'installer dans la ville basse, au faubourg Saint-Gervais, rue de Coutance.

1722-1724. — Jean-Jacques en pension chez le pasteur Lambercier, à Bossey.

1725. — Jean-Jacques habite chez son oncle Gabriel Bernard, Grand-rue, à Genève, et entre en apprentissage.

1728. — 14 mars : Jean-Jacques s'enfuit de Genève.
21 MARS (Rameaux) : il se présente à Mme de Warens à Annecy.
21 AVRIL : entrée à l'Hospice des catéchumènes à Turin : conversion au catholicisme.
JUILLET-DÉCEMBRE : service chez Mme de Vercellis.

1729. — février-juin (?) : service chez le comte de Gouvon.
SEPTEMBRE-OCTOBRE : de retour à Annecy, au séminaire pour quelques semaines.

1730. — fin juin (?) : « journée des cerises ».
JUILLET : voyage d'Annecy à Fribourg avec Mlle Merceret.
AOÛT 1730-AVRIL 1731 : Rousseau enseigne la musique à Lausanne, puis à Neuchâtel.

1731. — avril : Rousseau recueilli par l'ambassade de France à Soleure.
JUIN-JUILLET : premier séjour à Paris, comme précepteur.
OCTOBRE : après un séjour à Lyon, Jean-Jacques entre à Chambéry au cadastre de Savoie.

1732. — juin : Rousseau quitte le cadastre pour donner des leçons de musique en ville.

1732 ou **1733.** — Voyage à Besançon.

1735 ou **1736.** — Premier séjour au vallon des Charmettes.

1737. — 11 septembre : départ de Chambéry pour Montpellier.

1738. — février (?) : retour à Chambéry.

1740-1741. — Rousseau précepteur à Lyon chez M. de Mably.

1741 ou **1742.** — automne : arrivée à Paris.
HIVER 1741-1742 ou 1742-1743 : rencontre de Diderot.

1743. — janvier : *Dissertation sur la musique moderne*.
10 JUILLET : départ de Paris pour Venise.

1744. — 22 août : Rousseau quitte Venise pour Paris.

1745. — A Paris, fait la connaissance de Thérèse Levasseur.

1746-1747. — hiver : naissance du premier enfant de Rousseau.

1749. — automne : « illumination de Vincennes ». Amitié avec Grimm.

1750. — 9 juillet : le *Discours sur les sciences et les arts* est couronné par l'Académie de Dijon.
NOVEMBRE : publication du *1er Discours*.

1751. — Polémique autour du *1er Discours*.

1752. — 18 octobre : *le Devin du village* est représenté à Fontainebleau devant le roi.
18 DÉCEMBRE : représentation de *Narcisse* au Théâtre-Français.

1753. — novembre : *Lettre sur la musique française*.

1754. — juin-octobre : séjournant à Genève, Rousseau réintègre l'Église calviniste et la citoyenneté genevoise.

1755. — août : publication du *Discours sur les origines de l'inégalité.*

1756. — 9 avril : installation à l'Ermitage de Montmorency, chez Mme d'Épinay.

1757. — avril-mai : querelle et réconciliation avec Diderot.
PRINTEMPS-ÉTÉ : amour pour Sophie d'Houdetot.
OCTOBRE-NOVEMBRE : querelle et rupture avec Grimm.
Article *Genève* de l'*Encyclopédie* (t. VII).
15 DÉCEMBRE : Rousseau quitte l'Ermitage pour le Mont-Louis, dans le village de Montmorency.

1758. — 6 mai : lettre de rupture de Mme d'Houdetot à Rousseau.
SEPTEMBRE-OCTOBRE : publication de la *Lettre à d'Alembert sur les spectacles.*

1759. — mai-juillet : installation provisoire au Petit Château de Montmorency.

1760. — juin : affaire de la publication non autorisée de la *Lettre à Voltaire sur la Providence.*

1761. — janvier : mise en vente à Paris de *la Nouvelle Héloïse.*

1762. — janvier : rédaction des quatre *Lettres* autobiographiques *à M. de Malesherbes.*
AVRIL : publication à Amsterdam du *Contrat social*, dont l'entrée en France est aussitôt interdite.
FIN MAI : mise en vente à Paris de l'*Emile.*
9 JUIN : condamnation de l'*Emile* par le Parlement de Paris. Rousseau, décrété de prise de corps, prévient l'arrestation en quittant Montmorency pour la Suisse.
14 JUIN : il arrive à Yverdon, en territoire bernois. Vers le même temps *le Contrat social* et l'*Emile* sont interdits et saisis à Genève.
JUILLET : expulsé du territoire bernois, Rousseau s'installe à Môtiers-Travers, dans la principauté de Neuchâtel, dépendant du roi de Prusse. Mort à Chambéry de Mme de Warens. — Condamnation de l'*Emile* par les États de Hollande et par le Conseil scolaire de Berne.
AOÛT : mandement de l'archevêque de Paris contre l'*Emile.*

1763. — mars : lettre à Christophe de Beaumont, archevêque de Paris.

12 Mai : Rousseau renonce à la bourgeoisie de Genève.
Septembre-Octobre : Rousseau attaqué dans les *Lettres écrites de la campagne*.

1764. — octobre : publication à Amsterdam des *Lettres écrites de la montagne*.
Fin Décembre : à Genève, Voltaire lance contre Rousseau le pamphlet anonyme *le Sentiment des Citoyens*.

1765. — janvier-mars : les *Lettres de la montagne* sont condamnées et brûlées à La Haye, puis à Paris.
Mars : Rousseau convoqué devant le Consistoire de Môtiers.
Juillet : excursion à l'île de Saint-Pierre, dans le lac de Bienne.
6 Septembre : « lapidation » de Môtiers.
12 Septembre au 25 Octobre : Rousseau à l'île de Saint-Pierre.
29 octobre : il quitte Bienne pour Strasbourg avec l'intention de gagner Berlin (le récit des *Confessions* s'arrête ici).
Novembre-Décembre : longtemps indécis à Strasbourg, il décide finalement de gagner Paris à destination de l'Angleterre.
Fin Décembre : Rousseau à Paris, au Temple, sous la protection du prince de Conti.

1766. — 4 janvier : départ de Paris pour Calais sous la conduite de Hume.
Janvier-Mars : séjour à Londres, puis dans la banlieue, à Chiswick.
Fin Mars : installation à Wootton, en Staffordshire.
Rousseau y travaille à la Première Partie des *Confessions*.
Juillet : début de la querelle (par correspondance) avec Hume.

1767. — mars : le roi d'Angleterre George III accorde à Rousseau une pension.
Mai : départ précipité de Wootton et retour en France, sous le nom de Renou.
Juin : après quelques jours chez Mirabeau à Fleury-sous-Meudon, près de Clamart, Rousseau s'installe chez le prince de Conti à Trye-le-Château, près de Gisors. Il y achèvera la rédaction de la Première Partie au moins des *Confessions*.
Octobre-Novembre : séjour et maladie, à Trye, de Du Peyrou ; une brouille s'ensuit. Interruption de la rédaction des *Confessions*.

1768. — printemps : il apparaît par la correspondance que le « complot » commence à prendre forme dans l'imagination de Rousseau.

Il remet à Mme de Nadaillac, avec divers papiers, un « cahier de confessions ».

JUIN-JUILLET : ayant quitté Trye, il séjourne à Lyon, puis Grenoble.

AOÛT : installation à Bourgoin, en Dauphiné. « Mariage civil » avec Thérèse.

1769. — janvier : installation à Monquin, près de Bourgoin.

NOVEMBRE : à Monquin, reprise de la rédaction des *Confessions*.

1770. — février : longue lettre à M. de Saint-Germain sur le « complot ».

10 avril : la rédaction des *Confessions* est parvenue à la fin du livre XI au moins. Rousseau quitte Monquin pour Lyon.

ÉTÉ : installé à Paris, Rousseau redemande à Mme de Nadaillac le « cahier de confessions », reprend le métier de copiste, et achève la Deuxième Partie des *Confessions*.

NOVEMBRE ou DÉCEMBRE : première séance de lecture des *Confessions*.

1771. — mai : les lectures des *Confessions* sont interdites par la police.

1772-1776. — Rédaction, correction et mise au net de *Rousseau juge de Jean-Jacques*, *Dialogues*, puis début de la composition des *Rêveries du promeneur solitaire*.

1776. — 24 octobre : accident de Ménilmontant, relaté dans la Deuxième Promenade des *Rêveries*.

1777. — Continuation des *Rêveries*, menées jusqu'à la Septième Promenade.

AOÛT : Rousseau renonce au métier de copiste.

1778. — janvier à avril : rédaction des Huitième, Neuvième et Dixième Promenades des *Rêveries*.

2 MAI : remise par Rousseau à Paul Moultou d'une copie autographe des *Confessions* (manuscrit dit de Genève).

20 MAI : installation à Ermenonville chez le marquis de Girardin.

2 JUILLET : Rousseau meurt à Ermenonville.

4 JUILLET : inhumation dans l'île des Peupliers.

1779. — Publication à la suite du poème *les Mois*, de Roucher, des quatre *Lettres à M. de Malesherbes*.

1780. — Publication en Angleterre du premier des trois *Dialogues*.

1782. — printemps : publication à Genève de la Première Partie des *Confessions*, suivie des *Rêveries du promeneur solitaire*, et un peu plus tard des trois *Dialogues*.

1789. — automne : publication à Genève de la Deuxième Partie des *Confessions*.

1794. — octobre : transfert au Panthéon des restes de Rousseau.

TABLE DES MATIÈRES

PUBLICATIONS NOUVELLES

LAMARCK
Philosophie zoologique (707).

LEIBNIZ
Système de la nature et de la communication des substances (774).

LOCKE
Lettre sur la tolérance et autres textes (686).

LOPE DE VEGA
Fuente Ovejuna (698).

MALEBRANCHE
Traité de morale (837).

MARIVAUX
Les Acteurs de bonne foi. La Dispute. L'Epreuve (166). La Fausse Suivante. L'Ecole des mères. La Mère confidente (612).

MAUPASSANT
Notre cœur (650). Boule de suif (584). Pierre et Jean (627). Bel-Ami (737). Une vie (738).

MUSSET
Confession d'un enfant du siècle (769).

NERVAL
Les Chimères - Les Filles du feu (782).

NIETZSCHE
Le Livre du philosophe (660). Ecce homo – Nietzsche contre Wagner (572). L'Antéchrist (753).

PASTEUR
Ecrits scientifiques et médicaux (825).

PIRANDELLO
Ce soir on improvise - Chacun son idée - Six personnages en quête d'auteur (744). Feu Mattia Pascal (735).

PLATON
Ménon (491). Phédon (489). Timée-Critias (618). Sophiste (687). Théétète (493). Parménide (688). Platon par lui-même (785).

PLAUTE
Théâtre (600).

PLUTARQUE
Vies parallèles, I (820).

QUESNAY
Physiocratie (655).

RABELAIS
Gargantua (751). Pantagruel (752). Tiers Livre (767). Quart Livre (766).

RILKE
Lettres à un jeune poète (787).

RICARDO
Des principes de l'économie politique et de l'impôt (663).

ROUSSEAU
Essai sur l'origine des langues et autres textes sur la musique (682).

SHAKESPEARE
Henry V (658). La Tempête (668). Beaucoup de bruit pour rien (670). Roméo et Juliette (669). La Mégère apprivoisée (743). Macbeth (771). La Nuit des rois (756). Hamlet (762).

STEVENSON
L'Ile au Trésor (593). Voyage avec un âne dans les Cévennes (601). Le Creux de la vague (679). Le Cas étrange du Dr Jekyll et M. Hyde (625).

STRINDBERG
Tschandala (575). Au bord de la vaste mer (677).

TCHEKHOV
La Steppe (714). Oncle Vania - Trois sœurs (807).

TÉRENCE
Théâtre (609).

THOMAS D'AQUIN
Contre Averroès (713).

TITE-LIVE
La Seconde Guerre Punique I (746). La Seconde Guerre Punique II (940).

TOLSTOÏ
Maître et serviteur (606).

TWAIN
Huckleberry Finn (700).

VICO
De l'antique sagesse de l'Italie (742).

VILLIERS DE L'ISLE-ADAM
L'Eve future (704).

VILLON
Poésies (741).

VOLTAIRE
Candide, Zadig, Micromégas (811).

WAGNER
La Walkyrie (816). L'Or du Rhin (817). Le Crépuscule des dieux (823). Siegfried (824).

WHARTON
Vieux New-York (614). Fièvre romaine (818).

WILDE
Salomé (649).

GF — TEXTE INTÉGRAL — GF

96/07/53832-VII-1996 — Impr. MAURY Eurolivres SA, 45300 Manchecourt.
Nº d'édition FG002329. — 4e trimestre 1964. — Printed in France.